集英社オレンジ文庫

死神のノルマ

宮田　光

本書は書き下ろしです。

Shinigami no Norma

Contents

プロローグ 6

母のピザトースト 13

少年とカメラ 101

旅立ちと風船 173

エピローグ 269

死神のノルマ

プロローグ

雲間から西日が差し込む。まぶしさに目がくらみ立ち止まると、前を歩いていた母が啓《けい》を振り返った。

「ほら、おいで」

手を差し出した母は、しかしすぐに自分が犯した過《あやま》ちに気づいた。さっと手を引き、六歳の息子に取り繕《つくろ》うような笑みを向ける。

「ちゃんとついてきてね」

母は再び啓に背を向け歩き始めた。雲が再び日を覆《おお》い、辺りがふっと陰《かげ》る。

啓は母の後を追おうとした。しかし、ふいに意識がそれを捉《とら》えた。

通り沿いに建つ、中華料理店の前に置かれた木製のベンチ――。誰も座っていないそのベンチに視線が引きつけられる。

いやだ。見たくない。そう思うけれど、この瞬間に抗《あらが》うことはできないこともわかっていた。

唐突にベンチに現れたそれは、まるで曇《くも》ったガラスに映る人影のように、色も輪郭《りんかく》も不《ふ》明瞭《めいりょう》にぼやけていた。啓以外の誰にもそれは見えていない。通行人も料理店の中で掃除をしている店員も、背を丸めベンチに座る異質な存在に気づかない。

先を行く母がベンチの前を通り過ぎた。

それは、母にも見えない。母が啓に触れない限りは――。

「啓?」

その瞬間、それは跡形もなく消えた。母を見ると、視線はベンチに注がれていた。

「そこにいるの?」

母は怯《おび》えた顔をしていた。「なんでもない」と啓は答えたが、母の表情を変えることはできなかった。

「早く来て」

母は逃げるようにベンチから離れた。啓はその背を追いながら、かつては自分をなで、抱きしめてくれた手を見つめた。

再び雲が切れて西日が差した。目をすがめたその時、背後でエンジンの音が大きく響いた。

振り返ると、黒い車が目の前に迫っていた。

重いまぶたを開くと、うつ伏せに倒れる母の姿が見えた。何が起きたのかわからない。頭がぐらぐらする。

「ぼく、大丈夫だからね。すぐに救急車が来るからね」

頭上から男の声がした。それで啓はやっと、自分も歩道に倒れているのだと気づいた。

母の手は地面に投げ出されていた。触れようとしたけれど、体を動かすことができない。

遠くから救急車のサイレンが聞こえた。

「聞こえますか。しっかりしてください」

膝《ひざ》をついた女が母に呼びかけた。母の周りには他にも数人の大人がいる。その中の一人の男に啓は気を取られた。

男は妙な格好をしていた。スーツ姿なのだが、啓の父が仕事に着ていくようなものではなく、親戚の結婚式で見た花婿《はなむこ》のような服を着ている。かぶっている帽子は手品師が鳩《はと》を出す帽子にそっくりだ。

他の大人はみんな母を見ているのに、男だけは銀色の鎖《くさり》がついた丸い時計を見ていた。昔の人はああいう時計を使っていたのだと父に教わったことを、ぼんやりとする頭で思い出す。――ああ、そうだ。あれは懐中時計というんだ……。

男が時計の蓋《ふた》を閉じた。その直後――。

母は歩道に倒れたままだ。それなのに、男の前にも母が立っていた。それこそ手品のように、母の分身が一瞬で現れたのだ。その不可思議な現象は、幼い啓に衝撃よりも困惑を与えた。

周囲の大人たちは倒れている母にだけ声をかけ、立っている母には目もくれない。

男が挨拶《あいさつ》をするかのように帽子のつばに触れると、母が啓を見た。その瞳から、涙がひと粒《つぶ》こぼれ落ちる。

涙は歩道に着地する直前、透き通った珠へと変化した。母の足元で小さく跳ねた珠は、ころころと転がって啓の目の前で止まった。夕日の色を含んだ輝きは瑞々《みずみず》しく美しい。思わず見入っていると、母の体が白く光り始めた。

だんだんに強まる発光は、母の姿を完全に覆い隠すと、途端にふっと収まった。

まるで光にさらわれたかのように、母の姿はその場から消えていた。代わりに啓のこぶしぐらいの光の玉が、ふわふわと浮いている。

男が光の玉に話しかけた。

おかしいな、と啓は思った。倒れた母に呼びかける人たちの声はここまで届いているのに、どうしてあの男の人の声は聞こえないのだろう。

男はポケットからオレンジ色の風船を取り出すと、息を吹き込み大きく膨らませた。結んだ口に金色の長い糸をくくりつけて握り、風船から手を離す。

ふわり、と風船は重力を無視して軽やかに宙に浮かび上がった。

男は光の玉に風船を差し出した。ふよふよと風船に近づいた光の玉は、そのまますするりとオレンジ色の膜を通り過ぎ、風船の内側に入り込んだ。

男が金糸から手を放すと、光を宿した風船は空へ昇った。その様を見送りながら帽子を取った男の頭の上には、カナリヤに似た黄色の小鳥が乗っていた。

小鳥はふるりと身を震わせると、胸を張り嘴《くちばし》を開いた。

澄《す》んだ歌声が響き渡る。その美しいさえずりは、近づいてくるサイレンの音よりも明瞭に啓の耳に届いた。それなのに啓以外、小鳥の歌を気にする者はいない。

風船は、風に煽《あお》られることなくまっすぐに昇っていく。その光景が、じわりとにじんだ。

これが母との永遠の別れであると悟ってしまった。悲しくて悲しくて、ただ悲しい。

風船は同じ色をした空に溶け入るように姿を消した。小鳥はさえずりを止《や》め、羽づくろいをする。

帽子をかぶり直した男は、啓のもとへ歩み寄ると、かがんで珠をつまみ上げた。その時、啓と男の目が合った。

男は驚いた表情で何かつぶやいたが、声はやはり聞こえない。言葉も発せず、体も動かせない啓は、ただ奇妙な男を見つめた。

にこりと笑んだ男は、自分の唇に指を当てた。すると、

「君、僕が見えるのか」

と、男の声が聞こえ始めた。感心したようでもあり、面白がっているようでもある声音《こわね》だ。

「安心するといい。君のお母さんは無事に旅立ったよ」

男は指先でくりくりと珠をもてあそびながらそう言った。サイレンの音が迫ってくる。

「それじゃあまたね」

男が帽子のつばに触れた瞬間、その姿は啓の視界から消え去った。

横たわる母の抜けがら、右往左往する大人たち、到着した救急車……。

目に見えるすべてを拒みたくて、啓はまぶたを下ろした。

母のピザトースト

一限の講義が終わった。

教室から出ようとした響希《ひびき》は、ふいに右肩を叩かれびくりと体を震わせた。振り返ると、「ごめん」と一条晴一《いちじょうはるいち》が慌てたように手をどけた。

「何度か声をかけたんだけど、気づかなかったからつい……」

「ううん、こっちこそ大げさに驚いてごめん。……えっと、何か用？」

一条は一年次必修である英語のクラスメイトだ。学部が同じで他にも重なっている講義は多いのだが、授業以外で話したことはほとんどない。常に一人でいる響希とは違い、本人と同じように華やかな友人たちに囲まれていることが多い人物だ。

「今度の食事会、志田《しだ》さんの都合の良い日はいつか聞きたくて……」

「あぁ、そっか。連絡してなかったよね。ごめん」

英語クラス内で親睦《しんぼく》を深めるための食事会が企画され、その幹事役を任されたのが一条だった。参加できる日を早めに知らせるようにとクラス全員に求めていたのだが、響希はまだ連絡を入れていなかった。

「あの、私、どの日も都合が悪くて……だから申し訳ないけど、今回は不参加ということでいいかな」

響希が地元のいぶき市内にある大学に入学してから、およそひと月が経過した。同級生たちは大学生活を豊かにすべく友人作りに精を出している真っ最中だが、響希はそんな彼らの横を顔を伏せて通り過ぎていた。サークルの勧誘も食事会の誘いもやんわりと断り続ける自分は、そのうち誰からも声をかけられなくなるだろう。でも、それでいいと思っている。

「そっか、残念」

肩をすくめた一条は、「志田さんて、真面目だよね」と続けた。

ノリの悪い女。そんな嫌味がこもった「真面目」評かと思ったが、屈託のない笑顔を見ると、どうやら他意はないようだ。

「だって講義の時、いつも一番前の席に座って先生の話を真剣に聞いているじゃん。今の授業もそうだったでしょ？」

前の席に座るのは真面目さ故《ゆえ》ではなく、そうしないと講師の声が聞き取りづらいからだ。しかし、その真実を一条に話すつもりはなかった。

「空いている席に座っているだけだよ。じゃあね」

逃げるように教室を出た響希は、ため息をついて聴力を失った自分の右耳に触れた。

少し動いただけで息切れや動悸《どうき》がする。発熱が治まらず、めまいや頭痛がひどい。そんな状態が続くようになったのは、およそ五年前の初冬のことだった。

風邪か貧血《ひんけつ》だろう。かかりつけのクリニックに行った時はそう思っていた。血液検査を受けたのは、医師に念のためと勧められたからに過ぎない。

しかし翌日——奇しくも十四歳の誕生日当日——、クリニックからすぐに結果を聞きに来るようにと連絡が入った。中学を早退し母とともにクリニックを再訪した響希は、医師から急性白血病の疑いが極めて強いことを伝えられた。

響希も母も、予想もしなかった事態にぼう然とした。医師は地元の大学付属病院への紹介状を響希に持たせ、すぐに向かうよう指示した。

大学病院での詳しい検査の末、疑いは確定に変わった。その日のうちに入院した響希は、十四歳の初めての夜を病室のベッドで迎えた。

それから病気が完全寛解《かんかい》——血液中に白血病細胞がほぼ見られなくなるまで——に至り、退院するまでにはおよそ一年がかかった。その後も本格的な復学は叶《かな》わないままであったが、三月には同級生たちとともに中学校を卒業した。単位制の高校へ通学できるようになったのは六月から。周囲からはかなり遅れたスタートではあったが、両親は娘が日常を取り戻し始めたことを喜んだ。

しかし、両親の安堵《あんど》は長く続かなかった。響希の右耳がある日突然、一切の聴力を失ったのだ。

白血病の再発か、服用した薬の副作用か。両親はすぐさま響希を大学病院へ連れていったが、担当医である田中《たなか》はそのどちらの可能性も否定した。

　検査の結果から白血病細胞の増加は見られず、また、症状が出ているのが片耳だけということを考えると、服用した薬の副作用である可能性は極めて低い。田中がそう語ると、母はさらに困惑を深めた。

「だったらどうして、娘の右耳は聞こえなくなったんですか」

「今のところ一番に考えられるのは心因性のもの……つまりストレスや不安によるものではないかと。今も続いている通院治療の影響や、高校生になり急に生活が変わったことが影響しているのかもしれません……それから……」

　田中は言いよどみ、口をつぐんだ。響希は両親が互いに目配せしたのを視界の端で捉《とら》えた。

「一度、耳鼻科《じび》でも詳しく診《み》てもらい、それから今後どう対応していくかを考えましょう」

　田中は飲み込んだ言葉の代わりにそう言うと、響希に労《いた》わりの視線を向けた。

「なんで響希ばかりが、こんなにつらい思いをしなきゃならないの」

　診察を終えた帰りの車の中で母はうなだれた。運転中の父は、ミラー越しにたしなめるような視線をちらりと母に送った。

「そんなふうに大げさに受け取るな。きっとそのうちに良くなるだろう」

父の声は不安を隠し切れていなかったが、響希は「そうだよ」と同意した。

「左耳は普通に聞こえるんだもん。今のところ、そんなに不便は感じていないよ」

右耳は完全になんの音も拾わず、一般的な難聴のように耳鳴りや雑音に悩まされるわけではない。だから注意深く左耳をすませてさえいれば、会話に困ることはなかった。

「生きているだけで十分、そうでしょ?」

そう笑ってみせると、母は「そうね」とわずかに気を取り直した。響希は悟られぬように息を吐き、窓の外に視線を向けた。

父の言う通り「大げさに受け取る」ことではないと思っている。けれど実のところ、「そのうちに良くなる」ものではない気もしていた。

右耳が聞こえなくなった原因が心にあるというのなら、薬を飲もうがカウンセリングを受けようが、きっと元には戻らない。


自宅から歩いて十分ほどのところに、最寄り駅であるいぶき南《みなみ》駅はある。いぶき南駅と大学の間には路線バスが通っていて、通学にはもっぱらそのバスを利用していた。

講義を終え駅でバスを降りた響希は、自宅に向かって線路沿いを歩いた。時刻は十八時過ぎ。日は沈みかけ、辺りはオレンジ色に染まっていた。

踏切に近づくと、遮断機の前に立つ男の姿が目に入った。隣には荷台にボストンバッグを載せた空色の自転車が止まっている。

バーは上がっているのに、男はなぜか踏切を渡ろうとしない。不思議に思っているうちに、警報が鳴り出しバーが下りた。

男が動き出した。あろうことかバーをくぐろうとするその姿を見て、響希はとっさに駆け出した。

「ちょっと！」

腕をつかむと、男は驚いた様子で響希を振り返った。その拍子に目深《まぶか》にかぶっていた黒のキャップのつばが上がり、まだ柔らかさが残った顔立ちが露《あらわ》になった。

年齢は響希と同じか、少し下ぐらいだろう。青年になる一歩前ぐらいの顔立ちと体格だ。いたずらか、あるいは他の目的があったのか。どんな事情にせよ、このまま見過ごすわけにはいかない。

「何してるの、危ないでしょう」

警報に負けぬよう声を張り上げると、少年はちらりと踏切内に目をやった。つられてその視線を追った響希は、え、と声をもらした。

人、のようなものが線路に向かって歩いていた。人だと言い切れないのは、その後ろ姿が曇《くも》りガラス越しに見る人影のようにぼやけて見えたからだ。周りの景色は普段と変わらず鮮明に映っているのに、それだけが白い粒子《りゅうし》に覆《おお》われたようにかすんでいる。まばたきをしてもその異様な光景に変わりはなかった。

「なに、あれ……」

思わずつぶやくと、少年の腕がびくりと震えた。

ぼやけた人影は線路の上で立ち止まった。靴底から感じる地面の揺れが強くなり、電車の音が大きくなった。

きっと私の目の調子がおかしいだけ。そう我に返った響希は警報機の非常ボタンを押そうとした。だが、今度は少年が響希の手を押さえる。ひんやりと冷たい感触にぞくりとした。

「やめろ。あいつはもう死んでいる」

左耳が少年の声を拾ったが、その意味を深く考えている余裕はなかった。運転手は事態に気づいていないのか、電車はスピードを緩《ゆる》めることなく迫ってくる。

悲鳴を上げる間もなく、電車は踏切に突っ込んだ。響希はぎゅっと目を閉じ、その光景を見るのを拒んだ。

電車の走行音が遠ざかり警報が止《や》んでも、まぶたを開くことができなかった。冷えた手の感触はいつの間にか消えていた。突然、クラクションの音が大きく鳴り響いた。

はっと目を開いた響希は、恐る恐る踏切に視線を向けた。しかしどこにも惨劇の痕跡《こんせき》は見当たらない。

背後で再びクラクションが鳴った。振り返ると、車の運転手が道の真ん中に立つ響希に向かっていら立たしげに手を振った。ぼう然としながらも端に寄ると、車は何事もなく踏切を通過していく。

響希は辺りを見回した。少年の姿は自転車とともに消えていた。


帰宅した響希は、洗面所で手を洗いながら先ほどの体験を思い返した。

電車はブレーキをかけることなく踏切に突っ込み、そのまま何事もなかったかのように通り過ぎた。もしかしたら運転手にはあの人……あの人影のようなものが、見えていなかったのかもしれない。

『あいつはもう死んでいる』

少年が放った言葉を反芻《はんすう》する。もしもあれが比喩《ひゆ》や言い回しではなく、そのままの意味だったとしたら――。

響希はリビングに向かい、キッチンに立つ母に「ただいま」と声をかけた。

「おかえり。響希に手紙が来てたよ。テーブルの上にある」

封筒の差出人欄《らん》には「ひだまりクラブ」と書かれていた。入っていた手紙に目を通していると、「なんだって?」と母が尋ねてきた。

「……小児がんサバイバーからエッセイを集めているみたい。今度発行する会誌に掲載したいんだって」

ひだまりクラブは、響希が入院していた大学病院の患者会だ。入院中、または過去に入院していた小児がん患児とその家族で構成されていて、病棟内で患児向けの催しを開いたり、保護者同士が交流できる場を設けたりしている。退院後、両親はイベントなどの際に手伝いに行くこともあったが、響希自身はほとんど活動に参加していなかった。

「退院してどんな生活を送っているかとか、将来の展望とか、闘病中の子が希望を持てるようなエッセイを寄稿してほしいって……」

「へぇ。大学生活のこと、書いて送ったら?」

響希は「ムリムリ」と軽く笑ってみせ、手紙を封筒に戻した。

「大学の課題だけで手いっぱいだよ。そんな時間ないって」

書けることなんて一つもなかった。周囲は響希を大病を克服《こくふく》した勇敢《ゆうかん》なサバイバーだとほめ、人生を力強く生きるようにと願ってくれる。けれど、響希自身は知っている。私なんて本当は、称賛にも期待にも値《あたい》しない空っぽの人間だ。

大学にはただなんとなく通っているだけだ。心を分かち合うような友人はおらず、邁進《まいしん》すべき夢を抱いているわけでもない。両親や医師や看護師、移植のための臍帯血《さいたいけつ》を提供してくれた見知らぬ親子……その他にもたくさんの人たちに支えられ助けてもらった命なのに、それを持て余すようにしてただ漫然と毎日を過ごしている。

自分は永らえた命を無意味に消費しているのだ。生きたいと願いながら命を失ってしまった人を知っているのに……。そんな人間が、身近に死を感じながらも希望を求める人たちに対して何かを語れるはずがない。

「……ねえ、昔、うちの近くの踏切で亡くなった人がいたんだよね？」

と、響希は話題を変えた。

小学生のころ、近所に住むクラスメイトが話していた。自分たちが生まれる前に、あの踏切で自殺をした人がいる。夜になるとその人の幽霊が出て線路に通行人を引きこもうとするらしいから、踏切には近づかないほうがいいと。

噂《うわさ》を聞いた当時はそれなりに恐ろしく思ったものだが、所詮《しょせん》はありがちな怪談話だ。いつの間にか忘れ去り、そのまま今日まで思い出すことはなかった。

「あぁ、そういえばそんなこともあったわね。この家を建てた直後のことだから……二十年前かな」

「どんな……事故だったの？」

自殺という言葉を使うのは憚られ、そう尋ねた。

「どんなって言われても……確か線路に若い男の人が立っていて、運転手が慌ててブレーキをかけたけれど間に合わなかったって話だったと思うけど……」

母は怪訝《けげん》そうに響希を見返した。

「なんでいきなりそんなことを聞くの？」

「……小学生の時、あそこで自殺した人の幽霊が出るって噂になったことがあったの。急にそれを思い出したから、ちょっと気になっただけ」

ふらふらと踏切に入ったあの影……。もしかしたらあれの正体は、電車に轢《ひ》かれて亡くなったという若い男なのではないだろうか。男の……幽霊だったのではないだろうか。

心臓がどくどくと脈打った。普段だったらありえないことだと思う。けれどあの光景を見た今、そう考えずにはいられなくなっていた。

鼓動がさらに大きくなり、ぎゅっと胸を押さえる。

もしもこの世に霊が本当に存在するのならば……。

三年前のあの時、あの場所で聞こえた声は――。


それからというもの、響希は踏切を通るたび注意深く辺りの様子をうかがった。しかし一週間が経《た》ち二週間が経ち三週間が経っても、あの奇妙な影は一度も姿を見せず、少年に出会うこともなかった。

すべては幻だったのだ。そう思おうとしても、おぼろげな影となりさまよう死者という妄想が頭から離れない。

死者がこの世に留まり続けることがあるのだろうか。死は永遠の別れではないのだろうか——。

あの少年はきっと答えを知っている。もう一度会ってみたいが、彼を探す手掛かりはない。

帰りのバスが大学前のバス停に到着し、響希は空いていた窓際の席に座った。

動き出したバスの窓から外を眺める。日没の時間は日に日に遅くなっていき、十九時に迫っても外はまだほのかに明るい。そのままぼうっと外の景色を眺めていると、バスはスーパーの前を通りかかった。

「あ……」

スーパーの駐車場にあの少年がいた。空色の自転車を止め、店へ入ろうとしている。

慌てて停車ボタンを押すと、バスは二十メートルほど先の停留所で停車した。響希はバスから飛び降り、スーパーを目指して走った。

響希はきょろきょろと辺りを見回しながら店内を進んだ。野菜売り場を抜け、調味料売り場をのぞいてみると、そこに少年の後ろ姿があった。

——見つけた。

とっさに近づき肩に手を置くと、少年はびくりとしてこちらを振り返った。

「あんたは……」

少年は驚きと警戒がまじったような顔をした。「あの……」と響希は口ごもる。話をしたいと思っていたのに、いざその機会を前にするとなんと言えばいいかわからなかった。ひとまず無遠慮に触れてしまった手を離そうとした響希は、しかし少年の向こうにかすんだ人影を見つけて固まった。

曇りガラスを通して見る人影のようなそれは、踏切で見たものに酷似《こくじ》していた。

「放せ」

少年が響希の手を振り払った。その瞬間、それは跡形もなく消えた。

響希は自分の手を見つめた。踏切で初めてあの異様な影を見た時、響希は少年に触れていた。今もそうだ。少年に触れたら影が現れ、手が離れた途端に見えなくなった。

この子に触れると、あの影が見える？

「ねぇ、今のって……」

少年は無言で響希の横を通り抜けた。「待って」と少年の腕をつかんだその時、

「ケチャップ」

と、背後から声が聞こえた。

はっとして振り返ると、影が棚に並んだケチャップを取ろうとしていた。しかしおぼろげなその手は、ケチャップに触れることができずに空を切る。

今の声、左耳ではなく、右耳から聞こえた？　困惑を深める響希の前から、霊はふっと姿をかき消した。

「どうして声が……」

ひどく動揺した声が聞こえた。振り返ると、少年ははっと何かに思い至ったような顔になり、自分の腕をつかむ響希の手を見つめた。

「あの……」

声をかけた瞬間、少年はぐいと腕を引き響希の手から逃れた。そのまま足早に立ち去ろうとする少年を響希は追いかけた。ねぇ、と呼びかけても少年は足を止めず、答えも返さない。それでも響希は問いを重ねた。

「さっき見えたあれは何？　幽霊なの？」

少年は響希を無視したままスーパーを出ると、駐輪場から空色の自転車を引き出した。

響希は自転車の前に立ちふさがった。この機会を逃したら、影の正体を知ることは絶対にできないと思った。

「待って、お願い！」

「どいてくれ」

少年は不快そうに言った。その直後、

「待て、ケイ！」

と、幼い子どものような高い声が聞こえた。

ぎょっとしたように動きを止めた少年の胸ポケットに響希は目を向けた。声はそこから聞こえたような気がした。

「今の声って……」

ポケットがもぞもぞと動き出し、響希は「あっ」と声を上げた。少年はさっとポケットを手で覆い隠すと、

「幻聴だ」

と言い切った。しかしその指の合間から、ひょこっと青い小鳥が顔をのぞかせた。

小鳥はつぶらな黒い瞳で響希を見上げ、ピルルと愛らしく鳴いた。玩具《おもちゃ》ではない。正真正銘の小鳥だ。

少年は無言で小鳥の頭をポケットに押し込もうとした。しかし小鳥はその手をかいくぐり、

「女の『お願い』を無視するなんて、まっとうな男のすることじゃないぜ、ケイ」

と、黒い嘴《くちばし》をもごもごと動かした。

響希はぽかんと口を開けた。今、この小鳥がしゃべった？

「げ、幻覚だ」

少年は気まずげに言って自転車に乗ろうとした。おそらく少年自身も思っているだろう言葉を響希は口にする。

「それはちょっと無理があるかな」

「だよなー」

と、小鳥が陽気に同意した。


スーパーの前にはベンチが置かれていた。そこに腰かけた響希の指の上で、小鳥はふわりと羽毛を膨らませた。

「俺はルリオ。陽気で気さくなナイスバード。趣味は歌うこと」

野鳥のオオルリにそっくりの外見だ。頭から背にかけては鮮やかな青色で、光の加減によっては紫がかっても見える。顔の下半分と首は黒い。腹の辺りには柔らかそうな白毛がふかふかと丸く生えていた。

「で、そっちはケイ。根暗で無口な無愛想ボーイ。趣味はこけし作り」

ルリオは足でベンチの端に座る少年を示した。あまりの意外さに「こけし？」と聞き返すと、「そんな趣味はない」という静かだが断固とした答えがケイから返ってきた。「ジョーク、ジョーク」とルリオは楽しげだ。

「あ、私は志田響希……です」

「オッケー、響希ね。ばっちり覚えた。俺、鳥にしては記憶力良いほうだから」

小鳥が言葉を話し、軽快に冗談まで飛ばすとは……。響希が信じられない思いでまばたくと、ケイがルリオをにらんだ。

「本当にそいつに話すつもりなのか？」

「今さらだぜ、ケイ。響希は霊を見た。しゃべるイケメンオオルリの存在も知った。疑問を抱かないほうがおかしい。答えてやらなきゃかわいそうだ」

「お前が姿を見せて話し出さなければ、なんとでもなっただろ」

むっとした顔でケイが言うと、ルリオは大げさにため息をついた。

「なんとでもって……疑問を抱えた響希を無視して、自転車で逃亡ってことだろ。放置された響希は自分が何を見たのかわからず、ずっと悩み続ける。たとえ誰かに相談したって、信じてもらえないから結局一人で抱え込むしかない。それがどれだけしんどいことか、お前ならわかるだろ」

ケイは押し黙り、ルリオからぷいと顔を背けた。彼の不満はひしひしと伝わってくるが、尋ねずにはいられない。

「ねぇ、ルリオ。あの人影みたいなもの……あれは幽霊なの？」

「霊、幽霊、お化け……。人の言葉なら、確かにそう表すのが妥当《だとう》な存在だ」

予想はしていたこととはいえ衝撃は大きく、響希は一瞬呼吸を忘れた。

「やっぱりそうだったんだ……。初めて見た」

「だろうな。普通は見えないもん」

「普通は……」

響希はケイを見た。顔立ちもスタイルも整った男の子だと思うが、格段に異様なところは見当たらなかった。服装だってキャップにバンドカラーのシャツに黒いズボンと、大学にいる男子学生と変わらない。

「でも、ケイ……くんに触ると、霊が見えるようになるんだね？」

「いや、それは違う。正確に言うなら、ケイに触ると霊が見える人間がごくまれに存在する、だ」

相性の問題なのだとルリオは言った。ケイと相性が合う者だけが、ケイに触れることで同じように霊が見える。しかしそういう人間は滅多にいないらしい。

「ケイに触って霊が見えた人間は、響希で二人目。俺たち、響希に霊が見えたから、すげぇびっくりしたんだぜ。でもそれより驚きなのは、俺やケイにも霊の声が聞こえたことだよ」

ルリオは興奮したように羽をぱたぱたと動かした。響希は首をかしげる。

「霊が見えるのに、霊の声が聞こえることには驚くの？」

「霊の姿を見ることと霊の声を聞くことは、まったく別の能力なんだ。ケイは霊が見えるけれど、霊の声を聞くことはできない。俺たちに霊の声が聞こえたのは、お前がいたからだよ。響希」

うまく話が飲み込めず、「私？」と聞き返すと、ルリオは大きくうなずいた。

「響希は霊の声を聞く力を持っている。そしてケイと同じように、自分と相性の合った相手に触れることで、その人間にも霊の声を聞かせることができるんだ。ケイは響希に触れていたから霊の声が聞こえた。そして、ケイを介して俺にも霊の声が聞こえた」

「霊の声を聞く力……」

響希は右耳に触れた。ケチャップと言った霊の声は、聴力を失ったはずの右耳から聞こえた。

「私の右耳、三年前から一切音が聞こえなくなっていたの。でも、霊の声はこの耳から聞こえた……」

力を持ったことと聴力を失ったことには関連があるのだろうか。霊の声が聞こえるようになったから、普通の音が聞こえなくなった？　あるいは聴力を失《な》くしたから、霊の声が聞こえるようになった？

その疑念を伝えると、どうだろうなぁとルリオは首をひねった。

「あるいは、まったく関係のない可能性もあるぜ。ケイは霊が見えるが、視力に問題はない。力はいろんな面で個人差が大きいから、一概にこうだって言い切ることはできない」

「……そうなんだ」

三年前の記憶が蘇《よみがえ》る。聞こえるはずのない彼の声が聞こえたあの時、響希はそれをただの空耳なのだと……身の内に澱《よど》んだ罪の意識が聞かせた幻聴なのだと、そう思った。

だが、違ったのだろうか。あれは彼の、彼の霊の声だったのだろうか。

「今までずっと、人は死んだら、それでおしまいだと思っていた……」

死の先には何もない。喜びも楽しみも感じない。けれど、苦しみや悲しみを感じることもなくなるのなら、それはある意味では救いになりえるとも思えた。

「……けど、違うんだね。亡くなった人は霊になって、この世に留まり続けている……」

霊が存在する。命を失ってもなお、この世につなぎ止められている。その事実があまりに重たく、響希はうなだれた。

「そんな不安そうな顔をするなよ」

ルリオは響希の指を優しくついばんだ。

「死んだ人間はみんな霊になる。けど、霊のままこの世に居続けるっていうのはレアケースなんだ。普通だったらすぐに魂《たましい》に変化して、死神にあちらへ送ってもらえるんだから」

「死神……」

「魂を迎えに来る者のことを人はそう呼ぶだろ？」

霊がいて、話す小鳥がいるのだから、死神がいても不思議はないのかもしれない。響希は大鎌を持った骸骨《がいこつ》を思い浮かべ、しかしすぐにきっとこんな想像とはまるで違うのだろうなと思い直す。霊だって、足がないわけでも、白い着物を着ているわけでもなかったのだから。

「でも、霊のままだと死神は……あー、ちょっとタイム」

唐突に話を中断したルリオは、頭を軽く傾け黙り込んだ。耳をすませるようなその姿は真剣そのものだ。

「……近いな、すぐそこだ。本町《ほんちょう》の五丁目にある空き家の庭だって。一日の間に二人も見つけるっていうのは新記録だな」

ルリオは響希の指から飛び立ち、自転車に乗ろうとするケイの肩に止まった。

「急げよ。劣化がかなり進んでいるらしいぞ」

ずいぶんと慌てた様子だ。「何があったの？」と尋ねると、ルリオは足で荷台を示した。

「乗れよ、響希。続きは向こうで話してやる」

「また勝手なこと。俺にそいつを乗せて走れっていうのか」

ケイが苦い顔を向けると、ルリオは「はぁ？」と声を裏返らせた。

「まさかお前、自分が後ろに乗って響希に漕《こ》がせるつもりなの？　それはどうかと思うぞ」

「……お前は……本当に……」

眉間《みけん》のしわをいっそう深めたケイを、ルリオは「まぁまぁ」と軽い調子でなだめて、

「女子との二人乗りは男のロマン。できることなら代わりたいもんだぜ。あぁ、ペダルを漕げないこの可愛《かわい》いあんよが恨めしい！」

と、小さな足を持ち上げてみせた。

諦《あきら》めたのかあきれたのか、ケイは大きなため息をつくと、荷台にくくっていたボストンバッグを持ち上げ、無言で響希に差し出した。

バッグを受け取った響希は荷台を見た。話の流れからすると、自分はここに乗っていいようだが……。

「乗らないなら置いていく」

自転車にまたがったケイにそう言われ、響希はためらいを捨てた。バッグを抱え直して荷台に乗ると、「ちゃんとつかまってろよー」とルリオが言った。

遠慮がちにケイの腰の辺りをつかむと、自転車がゆっくりと動き出した。響希はルリオに語りかける。

「どこへ行くの？　さっき言っていた空き家？」

「そうだ。そこの庭に霊がいるって連絡が入った」

「どうして霊がいるところへ行くの？　行ってどうするの？」

「仕事だよ」

仕事？　と聞き返すと、ルリオの尾羽がわずかに下がった。

「そう。底の抜けたバケツで、水を汲《く》むような仕事だ」


目的地の空き家には五分もかからず到着した。ブロック塀に囲われた古びた平屋で、門は閉ざされている。庭は家の裏にあるらしく、門の前から様子をうかがうことはできなかった。

ケイが塀の前に自転車を止めると、ルリオは空き家の屋根に向かってピピッと鳴いた。するとと、雨どいからスズメがパタパタと飛び出し、ルリオの横に着地した。

「こいつは俺の仲間」

ルリオはスズメの頬《ほお》の羽毛をつくろった。満足そうに目を細めるスズメは愛らしいが、何の変哲もない。

「こいつがここに霊がいるって知らせてくれたんだ。俺の仲間は現世のいろんなところにいて、霊を見つけたら、仲間内にだけ聞こえるさえずりで連絡してくれることになっているんだ」

　スズメは返事をするようにチチッと鳴くと、空へ飛び去った。ケイは周囲に人気《ひとけ》がないことを確かめ、門を開けた。鍵はかかっていなかったようだ。

「もしかして勝手に入るの？」

　そう聞くと、ケイはあきれたような視線を寄こした。

「空き家の持ち主を探して、『おたくの庭に霊がいるので入らせてください』と頼めって？」

「……無理ですね、ごめん」

「ケイ、裏の庭へ急げ。今ならお前にも霊の姿を捉えられる」

　ためらうことなく敷地に入ったケイは家と塀の間を進んでいった。後を追う響希の肩にルリオが飛び移る。

「話の続きだ。さっきも言った通り、通常なら霊はすぐ魂へと変化する」

　それは予《あらかじ》め定まったこと、機械のように自動的なものだとルリオは言った。

「死んで霊になるのと同時に、カチッとスイッチが入る。すると歯車がぐるぐる回って、霊が抱えている未練を……恨みとかこだわりとか願望とか、そういう厄介《やっかい》なものを全部吐き出す。そうやって不純物が取り除かれ、浄化されて、霊は魂へと変わるんだ。そして魂になれば、死神にあちらへ送ってもらえる」

「あちら……」

「あちらがどういう場所かっていう質問はナシだぞ。俺も知らないんだ」

響希はかすかに安堵した。魂の行く末を知るのは、なにやら恐ろしい気がした。

「けれどごくまれに、機械がうまく作動しないやつがいるんだ。本来なら排出されるはずの未練が、どうしたわけか歯車に挟まっちまう。そういう魂になれない霊は、そのままこの世界に留まり続けるしかない」

「死神が送ってくれないの？」

「くれないというか、できないんだ。死神が送れるのは魂だけだから、霊は放置するしかない。……かわいそうなやつらだよ」

ルリオはため息をついて羽毛をしぼめた。

「霊になると、意識は混濁《こんだく》して思考もままならない。自分が死んだことに気づいていない場合もあるし、自分が誰か忘れてしまっていることだって多いんだ。果たされなかった願いに囚《とら》われ、この世に縛られ続けている」

響希は足を止めた。霊の朦朧《もうろう》とした姿が思い浮かび、胸が詰まるような苦しさを感じる。

「それじゃああの人たちは……あの霊たちは、ずっとそのまま……」

先を行くケイは、雑草が生い茂る庭に入ると立ち止まった。

「いや、霊を救う手立てならあるんだ」

ばさりとケイの肩へ飛び移ったルリオは、「こいつだよ」と青い羽でケイを指した。

「……ケイくんが？」

この子は一体、何者なんだろう。骨張った背中をまじまじと見つめた響希は、右耳からかすかなうめき声が聞こえることに気づいてはっとした。

ケイの隣に立って庭を見渡す。隅《すみ》に立つヤツデの木――、声はその辺りから聞こえるようだ。

響希はケイの腕に触れた。その途端、ヤツデの前にぼやけた人影が現れた。

「あれは……霊なの……？」

驚きよりも恐怖が勝り、思わずケイの腕をぎゅっとつかんだ。

踏切やスーパーで見た霊とは明らかに姿が異なっていた。白っぽくぼやけていた彼らとは違い、全体が黒ずんでいた。輪郭《りんかく》は絶えず歪《ゆが》み、崩れ、時折人の形から離れる。かすかにもれ出るうめき声はひどく苦しげだ。

「劣化が始まっているんだ。霊のままで長い間留まり続けていると、あぁなってしまう」

ルリオが硬い声で言うと、ケイは霊に近づいた。ぐずぐずと爛《ただ》れたように形を崩す霊を間近にし、響希の体はぞくりと震えた。

「えらく調子のくるったメロディだ。気をつけろよ、ケイ」

深く息を吐いたケイは、霊の胸の辺りに向かってまっすぐに右手を伸ばした。

黒ずんだ影に手が沈み、ケイはぎゅっと眉根を寄せた。と、霊が苦痛の悲鳴を上げ、いっそう激しくその姿を歪ませた。胸から影が広がるように伸び、ケイの肘《ひじ》までをずぶりと包む。そのままケイが飲み込まれてしまいそうな不安に駆られ、響希はとっさに両手で彼の腕をつかんだ。

影の侵食はあっという間に肩まで進んだ。苦しげな声をもらしたケイは、霊からずるりとこぶしを引き抜いた。

霊の悲鳴が止んだ。膨張していた影が人の形に収まっていく。ほっとしたように息を吐いたケイがこぶしを開くと、そこには小さな珠がのっていた。

ビー玉ぐらいの大きさで、一切の光を通さぬように黒々としている。しかし見る見るうちにその黒は薄れてゆき、ついには水晶のように透き通った。その変化に反応したように、霊の体が白く光り始めた。

徐々に強まる発光は霊の姿を覆い隠すと、ある瞬間にふと収まった。響希はまぶしさにすがめていた目を見開いた。

霊の姿は消えていた。しかしその代わり、霊がいた場所には小さな白い光の玉がふわふわと浮かんでいた。

「……これが、魂……?」

真昼の月の光を集め、子どもの手でころころと丸めたような……。

その通り、とルリオは満足そうに魂を見やった。

「おー、よしよし。ずいぶんとご機嫌なメロディだな」

「……ええと、メロディっていうのは？」

「魂っていうのはみんな、それぞれ独自のメロディを持っているんだ。俺や、俺の仲間にはそれが聞こえる。霊からだけじゃなく、生きている人間からも……響希やケイからもメロディは聞こえているんだぞ」

「私からも？」

「うん。さっき、ケイと響希の相性が合うって話をしただろ。それはつまり、お前たちの魂が奏でるメロディの調和がよく取れているってこと。実は俺もさ、響希みたいにケイに触れていなければ霊を見ることはできないんだ。でも、俺や俺の仲間はメロディによって霊の存在を察知できるし、メロディから魂や霊の状態や行動なんかも読み取ることもできる。大雑把《おおざっぱ》にだけどな」

響希は改めて魂を見た。メロディというものをうまく想像することはできない。けれどこれが音楽を奏でているのなら、それはルリオの言う通りご機嫌なものだろう。真っ白で、ふんわりとしていて、

「なめたら甘そう」

我ながらおかしな感想がこぼれた。気恥ずかしさを感じて口をつぐむと、「俺もそう思う」と、意外な反応がケイから返ってきた。

どうやら向こうも思わず口に出してしまったらしい。気まずげに顔を伏せたケイは、自分が持つ小さな珠に視線を向けた。

「これが重石《おもし》だ」

ルリオが言った。

「霊が抱える未練の塊《かたまり》。これを取り除いてやれば歯車が回り出し、霊は魂へと変化できる」

重石は澄《す》んだ湖の水面のような輝きを放っていた。未練の塊だったものとは思えない、清らかな美しさだった。

ケイはルリオの嘴まで重石を持っていった。ルリオは嘴の上下で器用に重石を挟んだのち、それをぱくりと口の中に入れた。

予想外の行動に「えっ！」と声を上げると、ルリオは「食べてないぞ。腹ん中に貯《た》めてるだけ」と尾羽を持ち上げた。

「これは査定に必要なものだから、大事にしまっておくんだ」

「査定?」

首をかしげると、ケイが「おい」と腕を動かした。

「動きづらい」

「あ、ごめん」

腕から手を離した瞬間、魂の姿は響希の視界から消えた。ケイはズボンのポケットから何かを取り出すような仕草をしたが、しかしながら手には何も持っていない。

もしかして……。

動きの邪魔にならないよう背中にそっと触れる。すると、ケイの手の中に黄色の風船と金色の長い糸が見えた。

ケイは風船にふぅふぅと息を吹きこむと、慣れた手つきで口に金糸をくくりつけた。一方の手で金糸を握り、一方の手を風船から離す。

すると風船は地に落ちることなく、ふわりと宙に浮き上がった。

「嘘《うそ》……」

信じがたい光景に響希は目を丸くした。人が息で膨らませた風船がどうして浮き上がる？

ケイは魂に風船を差し出した。ぴょんと跳ねるようにして風船に向かった魂は、黄色の膜を破ることなくその内側に入り込むと、チカチカと瞬《またた》いた。

それが合図であったかのように、ケイは金糸から手を放した。解き放たれた風船が上昇を始め、小鳥の美しいさえずりが庭に響き始めた。

時には高らかに、時にはささやくように。時には音を短く刻み、時には長く伸ばして。ルリオは声を多彩に使い分け、音楽を奏でた。その調べは優しく穏やかで、そして少しだけ悲しい――。

黄色の風船は屋根を越え空へと向かい、やがてふっとその姿を消した。

歌が止み辺りが静寂に包まれる中、響希は風船が消えた空に見入った。魂があちらへ渡ったのだと、説明されなくても理解できた。

「俺のさえずりは、魂をあちらへ導くための歌だ。魂が迷わないよう、さみしくないよう、特別な歌で見送ってやるんだ」

そう言ったルリオは、ふっと羽の付け根辺りの力を抜いた。

「間に合ってよかったよ。劣化があれ以上ひどくなっていたら、ケイでも重石を取ることはできなかった。そうなればあの霊はあちらへ渡ることができず、ずっと未練に囚われたままこの世に居続けることになっていた」

「……あなたたちは何者？」

響希はルリオとケイを見つめた。人語を解し霊について語る小鳥と、霊から重石を取り出し、息を吹き込んだ風船を浮かび上がらせた少年……。

「ケイくんは、死神なの……？」

およそ人にしか見えないが、死神とはそういうものなのかもしれない。

「俺は……」

ケイは答えを探すかのように視線を下に向けたが、その先の言葉は出てこない。代わりにルリオが嘴を開いた。

「こいつは死神じゃない。言うなれば、死神の下請けってところかな」

下請け、と響希が繰り返すと、ケイは小さく息をついて庭から出ていった。慌ててついていく響希にルリオが向き直った。

「ケイは元は人間、ピチピチの男子高校生だよ。けれど十八の時、霊を見る能力を見込まれて……というか目をつけられて、死神からスカウトされた」

「スカウトって、そんな芸能事務所みたいな……そういうものなの？」

「そういうものなんだ。死神が霊を放置するのは、死神には重石を回収することができないからだ。死神にとって未浄化の黒い重石は猛毒のようなもので、触れることができない。だから代わりに、霊が見える人間にそれをやらせる。でも真っ当な人間のままだと仕事をする上で不都合もあるから、死神は契約した人間を部分的に死神化させる。ほら、さっきケイが膨らませた風船、空に浮かび上がっただろ。あぁいうところ」

「あれはびっくりした」

響希がつぶやくと、ルリオは「口からヘリウムガスを出したかと思った？」と茶化すように応じた。

「そしてこの俺は、そんなケイをアシストするため死神から貸し出された、頼りがいのあるパートナーだ。まぁ、妖精や精霊の類《たぐい》だとでも思ってくれ」

得意げに胸を張ったルリオは、「それじゃあスーパーに戻ろうぜ」とケイを促《うなが》した。

響希はスーパーでのことを思い出した。あの時はケイに触れていたにもかかわらず、突然目の前から霊の姿が消えた。

「あの霊、急に見えなくなったけれど、まだあそこにいるの？」

「たぶんな。霊は命を失った場所とか、自分の家とか、そういう縁のあるところに留まって、そこからはあまり移動はしないものなんだ。たまに、あちこちうろちょろするタイプの例外もいるけど」

「そう……」

「霊の状態には波がある。存在感と言えばいいのか、存在力とでも言うべきか、この世界に霊として在《あ》る力が強い時と弱い時があるんだ。響希やケイは、存在力が強い時の霊の姿や声を認識しているわけだ。でも俺や俺の仲間は、お前たちに認識できないぐらいの弱い状態の霊でも、ある程度までならそのメロディを聞き取れる。有能なセンサーってわけ」

「……つまり、あの時、急に霊の姿が見えなくなったのは、あの霊の存在力がケイには認識できないぐらいに弱まったから……っていう理解でいい？」

しばし考え込んでからそう確認すると、ルリオは「その通り」とうなずいた。

「厄介なのは、存在力が強い時間が短いことと、強くなるタイミングがいつなのかわからないことだ。だから俺たちは霊がいる場所に行くと、ケイが霊の姿を捉えられる瞬間まで待たなきゃいけない。丸一日張ったって、見えないこともしょっちゅうだぜ」

うんざりしたように言ったルリオは、自転車に乗ろうとするケイの肩を突《つっ》いた。

「おい、荷台から荷物をどかせよ。響希が乗れないじゃん」

「お前はいつまで部外者を連れ回すつもりなんだ？」

言いながら、ケイはルリオをつかまえようとした。

「いつまでって……」

その手をひょいとかわしたルリオは、響希の肩にパタパタと飛び移ると、

「お前が死神の下請けから解放されるまでだよ」

と、自明のことのように言い放った。

は？　と、裏返った声を上げたのは響希ではなくケイだった。

「どういうつもりだ？」

「俺たちはデュオからトリオになるんだよ。もちろん、センターは俺だからな。小さな体に大きなハート、ロマンティックブルー・ルリオ」

ルリオは両羽を大きく広げつつ、片足をビッと持ち上げた。

「これが俺の自己紹介。ケイは『見た目はＤＫ、中身はアラサー、ネガティブブラック・ケイ』でいけ。決めポーズは自分で考えろよな。響希のテーマカラーはピンクでいい？」

「え、あ……はい」

響希は困惑のままうなずいた。ケイは「ふざけるな」とルリオに詰め寄り、響希の顔を

指差す。

「こいつを俺の仕事に関わらせる気なのか」

「そうだよ。だから懇切丁寧に俺らの事情を説明してやったんだろ。今のままじゃあ、お前が査定をクリアできないからな」

ケイの眉がぴくりと動いた。響希はルリオを見る。

「査定、って、さっきもそんなことを言っていたよね」

「響希、踏切でケイのこと探していただろ」

「うん。あそこは通学路なの。通るたび、ケイくんがいるかもしれないと思って探してた」

「あそこの霊はまだ重石が取れていないから、俺たち、何度も足を運んでいるんだよ。実のところ、響希を見かけたこともある」

思いがけない発言に響希は、「え、そうだったの？」と目を丸くした。

「そうだよ。でも、ケイはお前から隠れたんだ。関わるのが面倒だったからな。俺だって響希に霊だの死神だのの話をするつもりはなかったんだ。響希に霊の声が聞こえるってわかるまでは――、お前がケイにとって必要な力を持っていると気づくまではな」

響希は右耳に触れた。私の力がケイに必要？

やめろ、とケイは声を低めた。しかしルリオは語ることが自分の使命だとでもいうように胸を張った。

「およそ一年後にケイは査定を受けるんだ。査定では、それまでに集めた重石の重さを量る。定められたノルマを達成できたらそこで契約は終了。めでたく下請けから解放される。でも達成できなかったら……」

「できなかったら？」

「契約は更新され、ケイはまた十三年仕事を続けるハメになる。しかも重さの不足分は次のノルマに加算されるから、達成はさらにキツくなる。でもさ、ぶっちゃけ今のところケイが集めた重石だけじゃあ、ノルマ達成には、全然、ぜーんぜんっ、足りないんだよ」

「……ちょっと待って」

ルリオを制し、首をひねる。──今の言い方……一年後に査定があって、また十三年ということは、まるで……。

「契約期間は十三年？」

「そうだな。十三年と半年ぐらい」

「つまりケイくんは十二年も仕事を続けている？」

「うん、大体な」

響希はあまりに長い契約期間と勤労年数に驚き、次いでケイの年齢を知り焦った。十八の時にスカウトを受けたのだから、ケイは今、三十前後ということになる。

「ご、ごめん……なさい！　私、てっきり自分と同年代だと思っていて……」

年上の人に対して、ずいぶんと気安い態度を取ってしまった。釈明しながらも、目の前にいるケイの姿はやはり少年と言い表せるほど若々しく、いまだに信じられない。

「響希がそう思うのは当然だよ。俺、さっき言っただろ。『見た目はＤＫ、中身はアラサー』って。死神と契約を結んだ人間は、時間を止められるんだ。だからケイには人として当然起こるべき変化が起こらない」

意味が飲み込めずに首をかしげると、ケイが再び「やめろ」と繰り返した。しかしルリオは、

「ケイは年を取らない。空腹を感じないから食事はいらない。眠くならないから、眠ることもない」

響希は「え」と声をもらしたきり、後が続かず、ただただケイを見つめた。驚きを超えて愕然《がくぜん》としていた。

十八の姿のままであり続け、食事も睡眠も不要の存在……。

それは、霊よりも死神よりも響希の理解を超えていた。そんな状態で普通の暮らしができるのか。周囲の人に不審に思われないのか。そもそもどうしてケイは、そんな常識外れな仕事を引き受けたのか。

「部外者に余計なことを吹き込むな。俺は解放を望んでいない。このままで構わないんだ」

むっとしたようにケイが言うと、ルリオは羽毛を逆立てた。

「俺は構わなくないんだよ！　お前がノルマを達成しないかぎり、俺だってずっとお前にひっついていないとならないんだぞ。お前みたいな陰気で、根暗で、ハモってもくれないようなやつのそばにいるのは、もう飽き飽きなんだよ！」

ルリオとケイはにらみ合った。沈黙が続く中、響希はおずおずと切り出す。

「あの、どうして私がケイくんの仕事を手伝えば、ノルマが達成できるかもしれないの？」

それもよくわからなかった。先ほどのケイの仕事ぶりからして、響希に手伝えるような余地は何もないように思える。

「だから、あんたには関係ない」

強い口調で言われ、響希はかすかにたじろいだ。「うわ、サイテー。響希に当たるなよ」と、ルリオはケイに責めるような視線を送りつつ、

「実はな、霊を魂に変えるには、さっきケイがやったみたいに強制的に重石をぶん取る以外に、もう一つ方法があるんだ。霊の未練を断ち切ってやるんだよ」

ケイはうんざりしたように天を仰ぐと、塀に寄りかかった。ルリオを止めることは諦めたらしい。

「どうやって？」

「未練の元になっている願いや欲望を叶える、あるいはどうしたって叶えられないことを霊自身に納得させる。そうして死を受け入れさせれば、霊が自分自身で重石を出すんだ。

不思議なことにそうして浄化された重石は、他者が霊から無理に取った重石より、ずっと重くなるらしい。その重石を集めることができれば、ノルマ達成への道が拓《ひら》く」

　響希はしばらく考えたのち、「そっか」とつぶやいた。

「霊の姿が見えるだけでは、霊の未練が何なのか、何を願っているのかはわからない。それを知るためには、霊自身に教えてもらわないとならない……」

　しかし霊の声が聞こえなければ、それをするのは不可能だ。

「だから私が必要……ってこと？」

「その通り。ケイだって初めのころは、霊の未練を知ろうとしたんだ。でも、霊に話しかけたところで答えが聞こえないんじゃあ、どうしようもない。結局、俺たちには強制的に重石を取るしか方法がなかったんだ。でも……」

　黒くつぶらな瞳がひたと響希を見つめた。

「響希に出会えた。まるで運命みたいに。なぁ、俺たちの仕事、手伝ってくれない？」

　響希はこくりと息を飲み込んだ。

　話を聞いても信じ難く、理解が及ばないことばかりだ。安易に足を踏み入れていい領域だとも思えなかった。それでも……。

「それじゃあ私は、ドキドキときめき紅一点、キューティピンク・響希でいくからね」

　そう答えて柔らかな胸毛をなでると、ルリオは尾羽をぴょんと持ち上げた。

「よっしゃー！　そうこなくちゃ」

喜ぶルリオとは対照的に、塀から背を離したケイは顔をしかめた。

「勝手に話を進めるな。俺はこのままで構わないと何度も……」

「べつに、ケイくんのために手伝うとは言っていないでしょ」

言葉を遮《さえぎ》り言い返すと、ケイは怪訝な顔をした。

「だったらどうして」

「ケイくんには……」

そこで響希はふと首をかしげた。はたして自分はケイより年上なのか年下なのか。年下と考えた場合、くんづけで呼ぶのはどうだろうと悩み、しかし向こうは響希のことをあんたやこいつ呼ばわりなので、そこを気遣う必要もないだろうと結論を出す。

「ケイには関係ないでしょう」

ケイはぐっと言葉に詰まった。ヒュー、とルリオが口笛を鳴らすような真似《まね》をする。

「いいぞ、響希！」

響希は肩をすくめて苦笑を返した。

「ごめん、ちょっと仕返しした。それについては……もう少し後で話すから……」

ケイや霊との関わりをここで断ちたくはなかった。けれどその理由を口にすることは
——三年前に聞こえた彼の声について語ることは——、まだできない。

時間がほしかった。霊についてわからないことが多いから。心の準備ができていないから。……いや、本当はそうじゃないとわかっている。

話せないのは、私が臆病《おくびょう》で卑怯《ひきょう》だからだ。

「……べつに、聞きたいわけじゃない」

ぶっきらぼうに言ったケイは、自転車を押し歩き出した。響希はその背中を追いかける。自転車に乗って響希を置き去りにすることもできるのに、ケイはそれをしない。つまりそれはついていってもいいという意味だと、勝手に解釈して。

再びスーパーの前に着くと、ルリオは耳を店に向けた。

「……かすかだけど、あの霊のメロディが聞こえる。ここに留まっているのは間違いない」

駐輪場に自転車を止めたケイはベンチに腰かけた。響希は「中に入らないの？」とルリオに尋ねる。

「まだケイに見えるような状態じゃないからな。メロディがもっと大きくなるのを待たないと」

「あぁ、そっか」

丸一日張っても見えない時があるとルリオは言っていた。長丁場を覚悟してケイの隣に座る。

「……ねぇ、さっきルリオは一年後に査定があるって言っていたよね。それまでに集めた重石の重さを量るんだって。今はどのくらいの重さが集まっているの？」

ふと思い立った疑問を口にすると、ルリオはケイに「秤《はかり》を出してくれ」と頼んだ。ケイは小さく息をつきながらもポケットから何かを取り出した。しかしその手に持つものが見えず、響希はケイの腕に触れた。

その瞬間、ばね秤が視界に現れた。くすんだ金色の平たい板に目盛りが描かれていて、鉤形《かぎがた》のフックがぶら下がっている。アンティーク風の、小ぶりで簡素なつくりだ。

「目盛りが十七まであるだろ。俺がこれに乗って指標が最後の目盛りまで下がれば、それでノルマ達成だ」

ルリオは羽を広げてフックに飛び移った。重さを受けてぐらぐらと揺れるフックとともに指標も上下に揺れる。

「俺自身の重さは反映されない不思議設計なんだ。今までに飲み込んだ重石の重さだけを量ってくれる」

フックの揺れが止まった。響希はケイの腕に触れたまま、目盛りを読み取ろうとばね秤に顔を近づけた。指標は一目盛りの半分にも満たないところで止まっている。

「た、たったこれだけ？　全然足りていないじゃん！」

「そうだよ。そう言ったじゃん、俺」

ルリオはフックをブランコのように揺らした。響希はケイに視線を向ける。

「十二年仕事を続けてこれだけってことなんだよね？　今まで何人の重石を集めたの？」

「……百人ぐらい」

「そ、そんなに集めたのに、これだけの重さにしかならないの？」

ルリオが言った、『底の抜けたバケツで水を汲むような仕事』の意味をやっと合点する。

死者が霊になるのはまれだという話だった。その重石を百人分も集めたということは、決してケイが仕事をさぼっていたわけではないということだろう。ならば十二年のうちに十七の目盛り分の重さを集めるというのは、そもそも無理な話ではないのか。

「霊が自分で出す重石って、どれくらい重いのかな……」

ケイが強制的に取り出す重石の百倍……いや、二百倍以上の重さであってくれないと、あと一年でノルマを達成するのは不可能だろう。

「ヘビーなベビーであることを願うしかないぜ」

軽口を言ったルリオは、しかしケイの肩に飛び移ると、はっとしたようにスーパーを見た。

「おい、急にメロディがでかくなったぞ。今ならケイにも霊が捉えられる」

ルリオがポケットに滑り込むと、ケイは素早く立ち上がりスーパーへ入った。後に続いた響希は、調味料売り場に着くと、ケイの腕に触れた。その途端、ケチャップを取ろうとする霊の姿が現れた。

　じっくり見てみると、ぼやけた姿ながらも女であることは判別できた。おそらくそれほど高齢ではないだろう。

「響希、霊に名前を聞いてくれ」

　ポケットから顔を出したルリオが声をひそめて言った。

「名前を呼んでやれば、霊の存在が安定して話が聞きやすくなるんだ」

　他者が霊の名前を呼ぶと、霊は他者に自己の正体が認識されていると強く自覚する。その結果、唐突に消えることはなくなり意識もはっきりするのだそうだ。ふわふわと曖昧《あいまい》に漂っている霊の存在と意識に、名を呼ぶことで楔《くさび》を打ちこむらしい。

　緊張しつつも「あの」と声をかけると、霊はぎこちない動きでこちらを振り返った。

「あなたのお名前は？」

　霊は首をかしげるだけで答えない。ルリオはもどかしげにうなった。

「自分が誰だか忘れているのか、あるいは質問の意味がわからないのかも……。きっと正気を保てていないんだ」

「名前です、な・ま・え。ご自分のお名前を思い出せませんか？」

「ナマエ……」

片言のようなたどたどしさで繰り返した霊は、考え込むようにうつむいた。

「やばいぞ。メロディが弱くなっていく」

焦りをにじませルリオが言うと、ケイは霊に近づいた。

「響希、ケイを止めろ。重石を取る気だ」

言われ、響希は慌ててケイの腕を引いた。向けられた抗議の視線には目を合わせず霊に問いかける。

「あなたは何を望んでいるんですか？　ケチャップがほしいの？」

むくりと顔を上げた霊は、再びケチャップに手を伸ばしながら、

「カオガ……」

とつぶやいた。直後、その姿はふっと消えた。

ルリオが首を横に振ったのを見て、響希はケイの腕から手を離した。霊の存在力が弱まってしまったのだろう。店内のスピーカーから、まもなく総菜売り場で閉店セールが始まることを告げるアナウンスが流れた。

「うまくいかないもんだな。響希がいればなんとかなると思ったんだけど……」

うなだれたルリオに対してケイは、「機会を逃したな」と冷たい。

「さっさと重石を取ってしまえば、それで済むことだったのに」

ジジ、とルリオが気を損ねたような鳴き声を上げた。言い合いになりそうな気配を察知

した響希は、

「あの霊、ケチャップがほしいみたいだったよね？　それから消える直前、『カオガ』って言っていた」

　と口を挟んだ。

「どういう意味だろうな。顔が、かな？」

　ルリオが首をかしげた直後、バッグの中で携帯電話が震えた。画面を見ると、母からの着信だった。「ちょっとごめん」と断りを入れ電話に出ると、

「今どこにいるの？　まだ大学？」

　と、開口一番に母は尋ねた。時刻は二十時半頃。いつもならばとっくに帰宅している時間である。

「……だ、大学の近くのスーパー。図書館で課題の調べ物していたら遅くなって、お腹《なか》が空いたから、なにか食べ物を買おうかと思って寄ったの」

　とっさにそんな嘘をつくと、母は疑うことなく「そうなの」と答えた。

「帰ってこないし連絡もないから、どうしたのかと思って……。普段より遅くなる時は、一言連絡してってっていつも言っているでしょ」

「ごめん、うっかりしてた」

　大学生の娘の帰りが一、二時間遅れたぐらいで……とは思わなかった。体調を悪くして、

どこかで倒れているのではないか。大病を患《わずら》った経験のある自分をそんなふうに心配する母の気持ちは理解できるので、素直に謝る。

「それじゃあもう帰ってくるのね？」

「え、あ、うん……そうだね」

「そう。気をつけてね」

通話を終えると、ルリオが「母ちゃんからか？」と尋ねてきた。うん、とうなずくと、

「親が心配しているのなら、もう帰れ」

と、ケイが素っ気なく言った。「そうだな」とルリオが応じる。

「女の子を遅くまで連れ回すわけにはいかないもんな。響希の家って、あの踏切の近く？」

「歩いて十分しないぐらいだけど……」

響希は霊がいた場所を見やった。姿は見えなくなったけれど、霊はまだそこにいる。未練を断ち切るどころか、その未練が何なのかさえわからないまま立ち去るのは、居心地が悪い気がした。間もなく閉店時間を迎えるスーパーに居続けることができるはずもないのだが。

「だったら踏切までチャリで送ってやるよ。うまい具合にあそこにいた霊に会えるかもしれないし、な？　ケイ」

ルリオの勝手気ままな提案に、ケイは大きなため息をついた。

踏切に着くと、警報機が鳴り出し遮断機のバーが下りた。一拍遅れ、ルリオが声を張り上げる。

「かすかにメロディが聞こえるぞ！　踏切に向かっているみたいだ」

響希はケイの肩越しに線路をのぞいたが、霊の姿は見えなかった。ケイが首を横に振った。

「駄目だ。見えない」

ケイの目で姿が捉えられるほど、霊の存在力が強くないということなのだろう。

電車が轟音《ごうおん》を響かせ踏切に突入し、響希は身をすくませた。二十年前に起きたという惨劇をつい想像してしまった。

警報が止まってバーが開くと、ルリオは遮断機のほうに顔を向けた。

「遮断機の近くに移ったぞ。ぼうっと突っ立っているみたいだな。そう聞こえる」

荷台から降りた響希は、ケイたちにかつてこの踏切で起きた死亡事故について話した。

するとルリオが、

「じゃあ、霊の正体は十中八九その男で決まりだな。あいつ、電車が来るたび轢かれようとするんだぜ」

ケイがここの霊の姿を捉えられたのは一度きりだが、ルリオは何度かメロディを拾っているそうだ。霊は電車が来ない時は遮断機の前に立ち、電車が近づくと、線路の中に入っていくらしい。

「自分が死んだことに気づいてないんだな。だから何度も電車に轢かれようとする」

「今、それを霊に伝えることはできない？」

「無理だな。ケイに見えるぐらいの状態じゃないとこっちの声は届かないし、届いたとしても話が通じない。存在力の弱い霊は、意識も薄ぼんやりしているものだから」

「そっか……」

ここにいる霊は、死を望み、その望みによってこの世に縛られているのだ。二十年間ずっと一人で、朦朧とした意識と未練の間をさまよっている……。

目の前の光景に、記憶の中にそびえる歩道橋が重なった。しかし、バッグの中の携帯電話の振動が、響希をすぐに現実に引き戻した。

胸にこみ上げる苦いものの正体が、罪悪感であることはわかっている。抱えたままだったボストンバッグを荷台に置いて携帯電話を確認すると、母からのメッセージが届いていた。

『お父さんはもう帰ったよ。ご飯が冷めちゃうから、急いで帰っておいで』

もう帰らないと。響希ははたとボストンバッグを見つめた。旅行で使うようなサイズだ。

普段使いに持ち歩くには、あまりに大きい。

「……ケイたちの家はどこにあるの？」

恐る恐る尋ねると、ルリオは羽を動かし肩をすくめるようにし、ケイは視線を逸《そ》らした。

やはり、と響希は思う。

彼らには家が、帰る場所がないのだ。


自室に入った響希は窓に近づいた。カーテンを閉める手を止め、外に目を向ける。月も星も見えない薄曇りの夜の中、ケイたちは今、どこで何をしているのだろう。

踏切でルリオは、ケイが死神の下請けとして過ごしてきた日々について語った。

響希とは生活圏が離れていたが、ケイも十二年前まではいぶき市に住んでいたそうだ。しかし死神の下請けとなったケイは、家族に何も告げずに家を出た。それ以来、各地を転々としながら霊を探し回り、霊がいると知らせが入ればそこへ飛んでいって重石を回収する、そんな根無し草の生活を続けていたらしい。

眠らないケイには宿さえ不要だ。暑さ寒さに対しての感覚は鈍いらしく、疲れもしないから体を休める必要がない。

「まぁ、夜中に外にいると怪しまれることも多いから、時にはどこかの店に入って時間を潰《つぶ》すこともあるけどな。おっと、風呂にはこまめに入っているから安心してくれよな。身だしなみが汚いと、周囲の人間の視線が厄介だからな。銭湯《せんとう》とかネットカフェのシャワーとか、いろいろ使ってる」

ルリオの口調は軽かったが、それがむしろ響希には切なかった。時を止められた人間は、どんなふうに暮らしているのだろうと疑問に感じていた。けれど、そもそもケイは暮らしていなかったのだ。

寝起きして食事をして、学校や仕事に行き、人や社会と関わるのが暮らしというものだろう。けれど、死神の下請けにはそれができない。年を取らないのだから、一所《ひとところ》に長く留まることはできないし、人と深い関係を築くことも難しい。

死神の下請けは人の世界を離れるしかないのだとルリオは言ったし、言われてその通りだろうと響希も思った。人として人とともに生きるには、ケイには不都合が多すぎる。

「ケイは、どうしてスカウトを受けたの？　強制されて断ることができなかったの？　それとも何か見返りがあったの？」

見える者としての義務感。霊に対する同情心。そういったものがケイの中にあるのだとは思う。けれど、それだけで請け負えるような仕事ではないだろう。人生が一変する、それどころか人生を捨てるとも言える境遇になるのだから。

「解放を望まないのはなぜ？　そんなにも大変な仕事なのに……」

達成しようもないノルマを前にして完全に諦めてしまったのだろうか。望まないのではなく、望めなくなってしまった？

「あんたには関係ない」

ケイはお決まりの文句をつぶやいた。血の気の薄い顔に浮かんだ表情は硬く、響希に一切の接近を許さなかった。

「……生前に叶えられなかったことが、死後に叶えられるとは思えない。霊はこの世界に干渉《かんしょう》することができないんだ。ルリオやあんたがしようとしていることに、意味はない」

だから自分や霊にはもう関わるな、と言いたいのだろう。

そんなことないと言える根拠を響希は持たなかった。黙ったままでいると、ケイは小さく息をついた。

「もう帰れよ」

でも、と響希は口ごもった。自分だけが家に帰るのは、ケイたちを置き去りにする行為に思えて気が引けた。しかしその心情こそがわずらわしいのか、ケイは「余計な気を回すな」と素っ気ない。ゴホン、とルリオが咳《せき》払いの真似をした。

「今のは翻訳《ほんやく》すると、『もう夜も遅いから、気をつけて帰れ。俺たちの心配はいらない』って意味だから」

おい、とケイが声を上げた。ルリオはそれを無視して、

「大丈夫だよ、響希。俺たち、長い夜の過ごし方は心得ている」

と、響希に帰宅を促した。

響希は首を一つ振って机に向かった。大学が契約している全国紙の新聞社のデータベースを立ち上げる。とにかく、自分にできることをするしかない。

まずは踏切の事故についてだ。キーワードをいくつか入れて検索をかけると、二十年前の九月に起きた事故の記事がヒットした。

電車と衝突したのはいぶき市内に住んでいた二十四歳の男らしい。しかしそれ以上の情報は書かれていない。自死した人間の名前は掲載しないものなのだろう。念のため地元の新聞社や他の新聞社のデータベースも調べてみたが、名前は掲載されていないか、そもそも事故についての記事が存在しなかった。

スーパーにいた霊は、どこでどんなふうに亡くなったのかわからない。しかし試しにスーパーの店舗名で検索をかけてみると、数件の記事がヒットした。万引きや車上荒らしについての記事が並ぶ中で、『居眠り運転のトラックが衝突事故、対向車の運転手死亡』という見出しに気を取られた。

内容は、居眠り運転をしたトラック運転手がセンターラインを大きく越し、スーパーの駐車場に入ろうした乗用車に衝突したというものだった。乗用車の運転手である女は病院に搬送されたが、死亡が確認されたと書かれている。十五年前の十二月に起こった事故だ。

「もしかして……」

　地元新聞社のデータベースでもその事故の記事を検索すると、そちらには死亡した女の名前と年齢が掲載されていた。

　日村裕子《ひむらゆうこ》、五十歳。

　別れ際、ケイの連絡先は――実際に教えてくれたのはルリオだが――聞いておいた。響希は携帯電話を手に取った。


　翌日、午前八時五十分。土曜日のスーパーの前には開店を待つ人がすでに数名待っていた。響希たちはドアから少し離れたところに立ち、霊のメロディが大きくなるのを待った。

　九時になりスーパーが開店すると、客たちは店の中に入っていった。それから間もなくして、ルリオがケイのポケットから顔をのぞかせた。

「メロディが大きくなった。今ならケイにも見える」

　響希たちはスーパーに入り、足早に店内を進んだ。オープンを待っていた客たちは特売の牛乳が目当てだったようで、調味料売り場に人はいなかった。

響希はケイの腕に触れた。その瞬間、おぼろげな影が現れた。

霊は白っぽくかすんだ手でケチャップを取ろうとするが、やはりトマト柄のパッケージをつかむことはできなかった。困惑したように手を引き、しかしまた同じ行動を繰り返す。

「……日村裕子さん？」

響希は呼びかけた。霊がその人であるという確証はなかったが、試してみる価値はあると思った。

霊はゆっくりとこちらを振り返った。しかし、それ以上の反応がない。

「別人だったか……」

ルリオが残念そうにつぶやいたその時、霊はその姿をぶるりと大きく震わせた。

まるで靄《もや》が晴れるかのように、霊を覆っていた白い粒子が薄れていった。ぼやけていた色が鮮明になり、曖昧だった輪郭が際立つ。

靄の中から現れた体軀《たいく》は細身だった。グレーのダウンと黒いパンツに包まれている。パーマがかかった髪がほのかに茶色く染められているのがわかった。

店のテーマソングが軽快に流れる中、霊が生前の姿を取り戻していく。固唾《かたず》を吞《の》んだ響希は、触れている腕から強ばりを感じ、どうやらケイも緊張しているらしいと気づいた。

モザイクがかけられていたような顔立ちも次第に露になっていく。垂れ気味の目じりに、薄い唇。五十歳という年齢よりも若く思えた。

そうして人の姿に戻った日村は、ぼんやりとした表情をしていた。しかし一度目をまたたかせると、はっとしたように棚に手を伸ばした。

「ケチャップを買わないと」


「ご自分の状況がわかりますか」

スーパーの前のベンチに座る響希は、右隣にいる日村に問いかけた。日村はこくりとうなずく。

「……わかっている……と思う。私、死んだのよね。死んで……こんな……こんな、幽霊みたいになっちゃった」

日村は自分の両手を見下ろした。

響希とケイは互いにベンチに手を置き指先を触れ合わせている。間に座る日村が見えない人からしたら、カップルが二人で話しているように見えるのかもしれない。

あそこ、と日村は駐車場の出入り口を指差した。

「あそこから駐車場に入ろうとしたの。曲がろうとしたら、いきなり正面に大きなトラックが迫ってきて、あ！　って思った」

その時の恐怖を思い出したのか、日村は自分の体を抱きしめるようにした。

「……それからの記憶はなくて、気がついたら調味料売り場の前にいた。それで私、そうだケチャップを買わなくちゃと思ったの。思って……それで……ずっと思い続けていたのよ。ケチャップを買わなくちゃって、ただそれだけを思い続けていた……。だってかおりが……娘が帰ってくるから……」

その年の春、美容系の専門学校を卒業した香織《かおり》は、家を出て美容師見習いとして働き始めた。仕事が忙しく盆には帰ってこられなかったのだが、年末年始はまとまった休みが取れ、久しぶりに帰省することになっていたそうだ。

「香織は私が作ったピザトーストが好物なの。昼時に帰ってくることになっていたから、昼食に作ってあげようと思った。でも、ソースを作るためのケチャップが切れていたから、慌てて買いに来たの。それなのに……」

そこで日村は周囲を見回し、店に出入りする客たちの姿を眺めた。

「どうしました?」

「ねぇ、今日は何月何日?　もう年はとっくに明けているのよね?　みんな薄着だもの」

日村は不安そうな顔をした。どうやら時間の感覚が大きくずれているらしい。

「今は六月……日村さんが亡くなってから、十五年後の六月です」

「……十五年後?　私は、十五年もの間……」

日村はその先の言葉を失い、ぼう然とした。無理もない。あまりにも長すぎる時間だ。

「……日村さんの未練はなんですか」

そう聞くと、日村は「未練？」と首をかしげた。

「未練を断ち切らないと、日村さんはずっとこの世に留まり続けることになるんです」

ルリオがうなずき、響希から言葉を引き取る。

「今は意識がはっきりしているだろうが、時間が経てばまた意識が曖昧になって、ただケチャップを取ろうとしていた時の、あの状態に戻ってしまう。そしてさらにあの状態のまま続くなら……」

「……劣化が始まる。そして何もかもを忘れてしまうんです。自分のことも家族のことも、苦しみ以外のすべてのことを」

言いよどんだルリオに代わり、ケイが淡々《たんたん》と告げた。日村は胸を押さえ怯《おび》えた顔をした。

「何か叶えたいことがあるなら、私たちがそのお手伝いをします」

ケイが勝手を責めるような視線を送ってきたが、響希はそれに気づかないふりをした。

「私はただ、ピザトーストを香織に作ってあげたかっただけなの……」

「でも、それは……」

「わかってる。もう私にはピザトーストを作ることはできないのよね。ケチャップにも触れない幽霊なんだもの」

さみしげに言った日村は、祈るように胸の前で腕を組んだ。

「でも、だったらせめて娘に……家族に会いたい。どんな生活を送っているのか、ちゃんと幸せに過ごせているのか、それを知りたい」


スーパーを離れた響希たちは、日村の案内に従って日村の夫が営む理容室を目指した。とはいえケイに触れていない響希には今、先導しているはずの日村の姿は見えない。

隣を歩くケイの表情はかすかに渋かった。一応付き合ってはいるものの、おそらくケイ自身は日村が家族のもとへ行くことに意味はないと思っているのだろう。

「家族の姿を一目見たら、日村さんはそれで納得できるかもしれないでしょ?」

そう言うと、ケイは肩をすくめた。同意する気持ちはないらしい。

「あそこが夫の店よ」

日村の声が聞こえた。ケイの背に触れると、前を歩く日村が通り沿いに建つ店舗を指差しているのが見えた。

日村は待ちきれないとでもいうように歩調を速めた。しかし店の前に着くと、さっと表情を曇らせる。

「看板が変わっている……」

入り口に掲げられた看板にはネイルサロン・フラワーと書かれていた。

響希は窓から中の様子をうかがう。二席しかない小さな店内では、若い女性客が同じように若い店員から施術されていた。

「もしかしたら、もうお仕事は引退したのかもしれませんね」

日村の夫ならもう六十を過ぎているだろう。店をたたんでいてもおかしくはない。

「私、お店の人に話を聞いてくる。ケイたちはここで待っていて」

客を装い店に入ると、いらっしゃいませ、と接客中の店員が声をかけてきた。会釈《えしゃく》をすると、店員は店の奥に向かって声をかけた。

「店長、お客様です」

慌てた様子で店の奥から出てきた女が、「お待たせいたしました」とカウンターに立った。

「かお……？」

右横から日村の声が聞こえ、響希は思わずそちらに目を向けた。しかしそこにいるであろう日村の姿は当然見えない。

「香織なのね？　すっかり大人になって……」

感極まったような声が聞こえ、響希は目の前の顔をさりげなく確認した。薄い唇の形が日村によく似ている。胸の名札を見ると、確かに日村と書かれていた。

「初めてのご来店でしょうか？　本日はどのようなメニューになさいますか」

「こちら、以前は理容室でしたよね」

「はい、四年前までは私の父が理容室を営んでおりましたけれど……」

「お父様はご引退なさったんですか。あの、私、以前こちらで髪を切っていただいたことがあって……」

ああ、と納得したようにうなずいた香織は、少し悲しげに微笑《ほほえ》んだ。

「父のお客様でしたか。実は父は三年前に病気で亡くなりまして……それで私がこの店を引き継いだんです」

重々しい日村のため息が聞こえた。十五年の時の重みが改めて響希の胸にも迫った。

「あの、本日はカットのためにご来店いただいたのでしょうか。それでしたら申し訳ありませんが、ご覧の通りネイルサロンに変えてしまったので……」

「あ、いえ……」

きっと日村はまだ娘のそばにいたいだろう。響希はメニュー表をさっと眺めて、

「ハンドマッサージ……ハンドマッサージをお願いしに来たんです」

と伝えた。「かしこまりました」と答えた日村は、響希にバインダーを渡して用紙への記入を求めると、席の準備に向かった。

響希はソファーに座り、ケイへ事情を説明するメールを送った。

『旦那《だんな》さんは亡くなった。香織さんが店を継いでいる。ハンドマッサージを受けることに

した』

　窓からケイがメールを確認する姿が見えた。肩に乗るルリオがこちらに向かって羽を振るのを了解の合図と受け取り、響希は用紙に記入を始めた。直後にカウンター上の電話が鳴り、香織が受話器を取った。

「もしもし、ネイルサロン・フラワーでございます。はい、いつもご利用ありがとうございます。え？　はい……ええ、わかりました。……いえ、大丈夫ですよ。二十時ですね」

　どうやら予約の電話だったらしい。香織は「それではお待ちしております」と朗《ほが》らかに言って電話を切った。

　その時、店の扉が開いた。入ってきたのは十歳前後の女の子だ。ネイルサロンに似つかわしくないその客人は、響希の前を通ってカウンターに近づいた。

「花奈《かな》、どうしたの？　用もないのにお店に来ちゃ駄目だって言ったでしょ」

　香織が声をひそめてたしなめると、花奈と呼ばれた女の子は「わかってるよ」と言い返した。

「用があるから来たんでしょ。お昼ご飯のお金、いつものところに置いてなかった」

「……あぁ、ごめん。うっかりしてた」

　香織は店の奥へ花奈を通した。響希は体の向きを変え、二人の会話に左耳をそばだてた。

「あれ、いつもより多いよ？」

「悪いけど、それで夜ご飯も買って食べておいて。ママ、今日は帰りが遅いから。閉店時間ギリギリに予約が入っちゃったの」

「え、また？　ラストオーダーの時間、決めている意味ないじゃん」

「お得意様がその時間にしか来られないって言うんだから、しかたないでしょ」

「今日はカレーを作ってくれるって約束したのに……」

「ごめん。また今度、ね？」

「……もういいよ」

奥から出てきた花奈は、香織によく似た薄い唇を不機嫌そうに結んでいた。今の会話と香織の姓が日村のままであることを合わせて考えれば、父親とは一緒に暮らしていないようだ。

「鍵、ちゃんとかけるのよ」

店から出る花奈を見送った香織は、「お騒がせいたしました」と響希や施術中の客に頭を下げた。

日村は孫の姿を見られてうれしいだろう。でもきっと、同じぐらい悲しい。

肩を落としたその時、ケイからメールが届いた。扉の外を見ると、ケイは自転車を押してその場から去ろうとしていた。

何事かと思いつつメールを開いた響希は、「えっ！」と声を上げた。視線が一斉に集まる。

「す、すみません。急用が入って……」

立ち上がった響希はカウンターにバインダーを置き、

「ハンドマッサージ、キャンセルでお願いします。ごめんなさい！」

と、頭を下げて店を飛び出した。慌ててケイの背中を追いかける。

「ケイ！　あの子、香織さんのお孫さん！」

「気づいた。顔がよく似ている」

ケイに追いついた響希はその背に触れ、反対側の歩道を歩く花奈の姿を——そして孫に寄り添う日村の姿を——見た。


ビニール袋をぶら下げた花奈がコンビニから出てきた。自分に付き添う日村はもちろんのこと、後をつける響希たちにもまったく気づかずに、再び歩道を進んでいく。

やがて団地に着くと、花奈は一号棟の階段を上がり二階の部屋に入った。通路に残った日村は閉じた扉を見つめた。ついていくのは諦めたようだ。

下から呼びかけると、日村はこちらを振り返った。その顔には、——矛盾《むじゅん》した言い方ではあるのは百も承知だが——生気が漲《みなぎ》っていた。

「私、あの子のそばにいるわ」

唐突な宣言に、響希とケイは「は？」と同時に声をもらした。

「だって、あんな年ごろの子が夜まで一人で留守番なんてかわいそうじゃない。さみしいに決まっている。私はあの子のおばあちゃんなんだから、そばにいてあげないと」

「で、でも……」

「今日だけ。たった一晩だけでいいから」

そう言った日村は扉をするりと通り抜け、花奈がいる部屋へと入っていった。

「ど、どうしよう……」

娘の姿を見ればそれで気持ちに整理がつくかと思っていたが、余計に未練を強くさせてしまったようだ。

「どうせすぐに、自分のしていることのむなしさに気づくだろう」

とまどう響希とは対照的に、ケイは冷静だ。

「あの子に日村さんの姿は見えないし、声も聞こえない。どうしたって霊には生きている人間のさみしさをまぎらわせることはできないんだ」

ケイの言い分はきっと正しいのだろう。どれだけ日村が思いやっても、花奈にその気持ちは伝わらない。

まったく、とポケットから二階を見上げたルリオはため息をついた。

「人間っていうのは、厄介なもんだぜ」

なんにせよ、日村をこのまま放っておくわけにはいかない。

翌朝、踏切で落ち合った響希たちは、香織と花奈が住む団地へ向かった。九時を迎える直前、玄関から出てきた香織が階段を下り、団地から出ていった。職場へ向かったのだろう。

駐車場に止まっていた車の陰《かげ》から二階を見上げる。一晩だけと言った日村はまだ姿を見せない。今日は日曜日なので、おそらく花奈と部屋にいるのだろう。

ルリオがケイのポケットから顔を出した。

「とにかく、あのおばちゃんに出てきてもらわないと。ピンポンして呼び出す？」

説得するなりなんなりして、日村に自分の死を受け入れてもらわなければならない。日村はずっと今の状態のまま花奈のそばにいられるわけではないのだ。いつかは劣化が始まり、花奈のことさえわからなくなってしまう。霊になって十五年以上が経つ日村には、そのいつかが今訪れてもおかしくはないらしい。

しかし本当なら日村は今、花奈の世話をこまごまと焼いて、その成長を見守っていたはずだ。その当然の権利を理不尽に奪われた彼女に、何を言って何をすれば自分の死を納得させることができるというのだろう。

ふいに玄関が開いて花奈が出てきた。ケイの腕に触れると、花奈の隣を歩く日村の姿が見えた。

棟を出た二人は団地の敷地内にある小さな公園に入っていった。他に人の姿はない。響希たちは寄り合い所らしき小さな建物の陰に隠れた。

花奈がブランコに腰かけると、日村はその背中に手を伸ばした。押してやりたかったのだろうが、手は無情にもすり抜ける。

孫に触れられず、慈《いつく》しみを伝えることもできない日村は顔を伏せた。ケイが言った通り、むなしさを感じているのかもしれない。

花奈が退屈そうに小さくブランコを揺らしていると、母親と三歳ぐらいの女の子が公園にやってきた。

女の子はすべり台に駆け寄った。よたよたと階段を上るその背を支えた母親は、女の子が頂上に立つとすべり台の前に回り込み、降りてきた子どもの体を抱きとめた。二人の楽しげな笑い声が響き渡る。

耐え切れぬようにブランコから立ち上がった花奈は、たっと駆け出した。花奈を追って公園から出てきた日村は、響希たちに気づいて足を止めた。

「……花奈、今日も一人で夜まで留守番なのよ」

日村は肩を落とした。

「私、何もしてあげられないの……。孫に温かい食事を作ってあげることもできない。孫が一人でさみしそうにご飯を食べているのに、声をかけてやることさえできない。疲れた顔で帰ってきた娘にだって、何も言ってあげられないのよ……」

うなだれる日村の姿に胸が詰まり、響希はひそひそとルリオに尋ねる。

「ケイか私が香織さんや花奈ちゃんに触ってみるのはどう？　日村さんの姿を見せるか、声を聞かせることはできないかな？」

無理だな、とルリオは首を横に振った。

響希とケイのメロディは、まるで一つの曲のように見事に調和が取れているらしいが、香織や花奈とはそうではない。触れたところで、霊の姿も声も認識させられないそうだ。日村は確かにここにいるのに、日村にとって一番大切な人たちにそれが伝わらない。霊というのは、こんなにも孤独で悲しい存在なのか。霊はこの世界に干渉できないと言ったケイの言葉が、今さらながらにしみた。

うなだれる響希の横を日村が通り過ぎた。団地の敷地から出ていく花奈を追おうとしている。

「日村さんのこと、香織さんに話してみる？」

そう提案すると、ケイは眉根を寄せた。

「霊になったお母さんがあなたのそばにいますって？　やめておけ。どうせ信じてもらえない」

「それは……そうだよねぇ」

怪しい宗教家か詐欺《さぎ》師だと思われ警戒されるだけだ。自分だって霊の姿を見ることがなければ、その存在を信じはしなかっただろう。

響希は途方に暮れた。どうすれば日村の未練を解消できるのだろう……そんな方法があるのだろうか。


花奈が訪れたのは、ネイルサロン・フラワーだった。

昨日のように香織に用があって来たのだと思ったが、花奈は窓から店内の様子をのぞくだけで、中に入ろうとはしなかった。

花奈は五分ほどその場にいたが、結局店には入らないまま、来た道を戻っていった。

「……お母さんの様子をこっそり見に来たんだね」

花奈がもっと幼ければ、躊躇《ちゅうちょ》なく店に入り母親にさみしいと伝えられたのかもしれない。けれど花奈はもう母親の苦労がわかるぐらいの歳《とし》だ。迷惑をかけたくないという思いのほうが強いのだろう。

「花奈……」

日村は孫を追おうとした。その背中に、「どうして」とケイが問いかけた。

「どうしてあの子のそばにいようとするんです？　さみしい思いをしている孫の姿をただ見ているだなんて、つらいだけなのに……」

振り返った日村にケイは近づく。響希は離れかけたケイの腕を慌ててつかみ直してケイについていく。

「つらいなら、今すぐ楽になることもできる」

響希とルリオは目を見合わせた。それをすればケイの解放は遠のく。しかし日村にとっては、ケイに重石を取られるも、自分で重石を出すも、浄化された魂になるという結果においては同じだ。ケイに任せれば、すぐに未練から解放される。苦しみは消え、穏やかで無垢《むく》な存在に変われる。

ケイを止めるべきか、響希は迷った。日村は花奈のそばにいたがっている。けれど本当の意味において、それが叶うことはない。生者と死者の壁は厚く、花奈は日村に気づかない。花奈の孤独は日村には埋められない。そして、日村にもそれがわかっている。

一目会えば納得するかもしれないなんて、とんだ思い違いだった。自分の浅い考えが日村をより苦しい状況に追い立ててしまったことに気づき、居《い》た堪《たま》れなさに顔を伏せる。

「楽になりたいんじゃないの」

静かな声が聞こえた。はっとして顔を上げると、日村は困ったような笑みを浮かべていた。その微笑みに射すくめられるようにして、ケイは足を止める。

「つらくても、そばにいたいのよ」

そう言って日村は花奈を追った。

ケイは首を一つ横に振った。まるで何かを振り払うように。


花奈は団地には帰らず、近所の大型スーパーへ立ち寄った。

「今日はここで夕食を買うつもりなのかしら」

日村が店内を見回しながらつぶやいた。しかし花奈は食品売り場へは向かわず、入り口付近にあったテナントの書店に入った。

響希たちが本棚の陰から様子をうかがうと、花奈は料理本が収められた本棚の前で背伸びをしていた。上段の本を取ろうと手を伸ばしているが、指先しか届いていない。

日村が思わず踏み出したのを見て、響希は「私が」と花奈に近づいた。

横から本を取って差し出すと、花奈は「ありがとうございます」と頭を下げた。表紙には『らくらく簡単！　ごちそうレシピ』というタイトルの下に、パエリアやローストビーフの写真が載っていた。

「お母さんのおつかい？」

　さりげなく聞くと、花奈は首を横に振った。

「違います。自分用にほしくて……」

「へぇ、えらいね。自分で食事を作るんだ」

　母の負担を減らそうとする気遣いなのだろう。響希が微笑むと、花奈は恥ずかしそうにうつむいた。

「今まで一人で料理をしたことはないんですけど、何か作ってみたくて……でも、この本は難しそう」

　花奈はページをパラパラとめくりながらそうこぼした。「棚に戻す？」と尋ねると、花奈は「お願いします」と本を差し出した。

「料理なんてまだ早いんじゃないかしら。一人で火を使うなんて……」

　背後から不安そうな日村の声が聞こえた。その後も花奈は数冊の料理本を手に取り中を確認したが、気に入ったものがなかったらしく、結局何も買わずに書店から出て食品売り場に向かった。

「私が生きていれば、花奈に料理の仕方を教えてあげることができたのに。そもそも、食事の心配なんてさせなかった……」

　近づいてきたケイに触れると、眼前に悲しげに肩を落とす日村の姿が現れた。得るはずだった未来に思いを馳《は》せれば、よりつらくなるのは自分でもわかっているのだろう。けれど、そうせずにはいられない。

「花奈にも香織にも、食べたいもの、なんでも作ってあげられた。パエリアだって、ローストビーフだって……」

「お料理がお得意なんですね」

そう言うと、少し気がまぎれたのか、日村は軽く笑んだ。

「子どもが生まれる前は、得意でも好きでもなかったのよ。でも私の料理を食べて、おいしいって笑ってくれる娘の顔を見たら、あれもこれも食べさせたくなって、いろいろ作っているうちに腕が上がったの。でも子どものころの香織は、凝《こ》った料理よりもおにぎりとか卵焼きとか、簡単なメニューのほうが喜んでいたわね。中でも一番好きなのは……」

日村ははっとしたように言葉を止めた。怪訝に思って「どうしました?」と尋ねると、

「ピザトーストよ……ピザトーストなの!」

右耳に興奮したような声が響いた。

※※※

コンビニに入った香織はまっすぐに弁当の棚の前に向かった。最初に目に入った幕の内

弁当を手に取りレジへ並ぶ。何を食べるのか決めることさえ面倒なぐらい疲れていた。

壁の時計の短針は二十二時を過ぎていた。閉店後、清掃や在庫の確認に手間取り、やっと帰れるかと思ったところで、ジェルネイルの施術を行った客から手のかゆみが止まらないという電話があった。その対応に追われ、帰宅する時間が大幅に遅れてしまった。

ネイルサロンをオープンしておよそ二年、客足が途絶えることがないのは幸いだが、ほとんど毎日出勤している香織の負担は大きかった。スタッフを増やせればよいのだが、機材や店をリフォームしたローンが続いていることを考えると、どうしても二の足を踏んでしまう。

コンビニから出た香織は、弁当が入ったビニール袋を見下ろし、肩を落とした。

花奈、今日は何を食べたのかな……。

母が香織に出来合いのものを食べさせることは、ほとんどなかった。毎晩食卓に並ぶ夕食は、どれも手が込んだ品でおいしかった。

パート勤めだった母は、香織が小学校から帰るころには家にいて、よく手作りのおやつを用意して待っていてくれた。宿題だって丁寧に教えてくれたし、学校の話もよく聞いてくれた。

幸せな子ども時代だった。だから花奈の妊娠に気づいた時、母のような母になると決心した。

それなのに今、自分は娘の食事もろくに作らず、夜遅くまで一人で留守番させている。離婚という選択が間違っていたのだろうか。

楽しくて優しい人だったから結婚した。稼ぎは少なかったけれど、自分も美容師として働いているのだから問題ないと思った。けれど花奈が生まれて大きくなるにつれ、生活の出費が嵩《かさ》み、将来への不安が募り始めた。

父から店を譲られたのはそんな折だ。体調を崩した父は、自分はもう仕事を引退するから好きに使えと言ってくれた。

あの立地なら美容室よりもネイルサロンを開いたほうがうまくいくと考え、美容師の仕事を続けながらネイリストの資格を取った。その間に父を亡くしてしまったが、サロンを開くことが何よりの供養になると思い、必死に働いて資金を貯め続けた。

元夫は、その資金に手をつけた。しかもその金で買ったのは、浮気相手に贈るためのブランドバッグだった。

母ならばどうしただろうか。子どものために、ぐっと怒りを飲み込んだだろうか。いや、そもそも母ならばあんな男は結婚相手に選ばない。きっと男の本性をきちんと見抜いただろう。

結局、何においても自分が至らないだけなのだ。一人親でも、うまく仕事と子育てを両立している人はいる。——けれど、私にはそれができていない。

ため息をこぼしながら階段を上がる。玄関の扉を開けると、台所から「おかえり」と花奈の声が聞こえた。もう寝ていないといけない時間なのに……。

「まだ起きていたの？　休みだからって夜更《よふ》かししちゃ駄目でしょ」

小言をもらしつつ台所に入ると、こんがりとした匂いが漂ってきた。パジャマ姿の花奈がトースターをのぞき込んでいる。

「こんな時間にトースト？　夕食、まだ食べてなかったの？　お店で何も買ってこなかったの？」

我ながら口喧《くちやかま》しいと思いながらも止められない。しかし小学四年生の娘は質問をまるっと無視して「ママ、座って」と椅子《いす》を引いた。

「ちゃんと話を聞きなさい」

トースターがチンと鳴った。「できた！」とはしゃいだ声を上げた花奈はトースターの扉を開けた。パンが焼ける匂いに加えて、バジルの香りが鼻腔《びこう》をくすぐった。この匂いは……。

懐かしさとともに空腹感が込み上げた。あちち、とつぶやきながらトーストを取り出した花奈は、得意げに「じゃーん」と皿をかかげてみせた。

「……それ、花奈が作ったの？」

ただ食パンを焼いただけのトーストではなく、ピザトーストだった。とろりと溶けたチーズと赤いトマトソースの間に、玉ねぎ、ピーマン、ソーセージがのっている。

「当たり前じゃん。私以外に誰が作るの」

「でも、あなた料理なんて……包丁、勝手に使ったの？」

「文句は後で聞くから、とりあえず食べてよ。あ、そうだ。仕上げをしないと」

花奈は皿をテーブルに置くと、冷蔵庫から小ぶりのお椀《わん》を取り出した。中に入っていたトマトソースをスプーンですくい、チーズの上に垂らして『かお』と描いた。

「はい、召し上がれ」

花奈はにっこり笑った。香織は信じられない思いのまま椅子に座り、トーストを口に運んだ。

「……この味……」

「どう？　おいしい？　このレシピの通りに作ったんだけど……」

花奈は一枚のメモ用紙を差し出した。『元気が出る魔法のピザトースト』というタイトルの下に、ピザトーストのレシピが詳しく書かれている。材料の切り方や調味料の分量の他に、包丁の持ち方やトースターを使う上での注意点まで細かく記されていた。

「これ、どうしたの？」

「知らないお姉さんがくれたの」

スーパー内の書店でレシピ本を探している時に、親切にしてくれた女の人だと花奈は説明した。

「夕ご飯のおかずを買おうとしたら、急にそのお姉さんに話しかけられてメモを渡されたの。『おすすめのレシピだから作ってみて』って」

花奈がとまどいながらもメモを受け取ると、女はすぐに立ち去ったそうだ。

「メモを見たら、自分一人でも作れそうな気がしたから、スーパーで材料を買ってきたんだ。――ねぇ、味はどう？　おいしい？」

香織は再びピザトーストを口に運んだ。やはりこの味は……。

懐かしい味を記憶から思い起こしながら、再びメモに視線を落とす。

『とくせいトマトソースの作り方。ケチャップにバジルとみりんをまぜ合わせたら、電子レンジで二十秒温める』

「みりんだったんだ……」

母が作ったトマトソースにはいつもほのかに甘みが感じられた。その正体を教えてもらう前に、母は香織の前から去ってしまった。どうにか再現しようとケチャップに砂糖や生クリームを混ぜてみたこともあったが、母の味には近づきさえしなかった。

偶然……なのだろう。見知らぬ女のレシピと母の味がこんなにも似ているのは。香織は娘の顔を見て微笑んだ。

「とってもとっても、おいしいよ。ママ、この味、大好き。世界で一番好き」

「やったー！」

娘の満面の笑みが胸に突き刺さり、香織はトーストを皿に戻した。

「ごめんね。駄目なママで……」

「駄目？　なんで駄目なの？」

きょとんとした顔で見返され、ますます居た堪れない気持ちになる。

「だって、ママはいつも花奈のそばにいてあげられないし、おいしいご飯も作ってあげられない。花奈はこんなに良い子なのに、ママはすっごく駄目なママだよ……」

「駄目なママじゃないよ！」

「でも、花奈はママがいなくてさみしいでしょ？　だから仕事場をこっそりのぞきに来るんだよね？」

花奈がサロンをのぞきに来ていることには気がついていた。窓からこちらを見つめる娘の姿を見るたび、胸を締めつけられるような思いがした。

「良いママは、子どもをほったらかしになんかしない。子どもにさみしい思いをさせるのは、駄目なママだよ」

「私、ママが家にいなくてさみしいよ……」

花奈の声は震えていた。申し訳なさに香織はうなだれる。

「でもね、サロンをのぞきに行くのは、さみしいからじゃない。がんばって働いているママを見るために行くんだよ」

　思いもしなかった言葉に香織ははっと顔を上げた。目に涙を浮かべた花奈は、必死の様子で言い募る。

「私、ママががんばっている姿を見ると、自分もさみしさに負けないでがんばろうって思えるんだよ。ママががんばっている姿を見ると、留守番なんて、へっちゃらになるんだよ。あのね、ママは無理して料理しなくてもいいの。私が料理を覚えて、忙しいママの代わりにおいしいご飯を作ってあげるんだから」

　香織は花奈の体を抱き寄せた。シャンプーのにおいのする体は柔らかく温かい。いつの間に、この子はこんなに頼もしく育ったんだろう。こんなにも優しい子に育ってくれたのだろう。目の奥が熱くなって、自分まで涙をこぼしそうだった。

「……ねぇ、どうしてソースで『かお』って描いたの？」

　香織はトマトソースがたっぷりとのったピザトーストが好きだった。だから母はいつも、香織の分だけは仕上げにソースで『かお』と描いた。花奈にそれを教えたことはないし、母から『かお』と呼ばれていたことも教えてはいなかったはずだ。

「えー、わかんない。なんとなくだよ」

「そう……」

　香織は娘の体を抱きしめ直した。

触れ合ったところから伝わる温もりを愛《いと》しんでいると、なぜだか背中まで誰かになでられているように温かくなってきた。

※※※

「出てきた」

二階を見ていたケイがつぶやいた。その背中に触れると、階段を下りてくる日村の姿が響希の目にも見えた。

「花奈、とても上手にピザトーストを作ったのよ」

日村は心底うれしそうに笑い、響希たちの前に立った。

「調理中に怪我《けが》をしないか心配したけど、初めてとは思えないくらいうまく包丁を使えたわ。手先の器用さは私に似たのかもね」

得意げに言った日村は目を細めて二階を見上げた。ピザトーストを作った孫とそれを食べる娘の姿を思い浮かべているのだろう。

「……私……もう大丈夫みたい……」

つぶやき、響希たちに向き直った日村の顔には、満ち足りた笑みが浮かんでいた。

「私がいなくても、二人は支え合って生きていけるんだってわかったから。娘と孫が前に進んでいるのに、私だけが留まるわけにはいかないものね」

　そう言った日村の目から、涙がひと粒こぼれ落ちた。

「あ……」

　ケイが声をもらした。きらめきながら落下した涙は、透き通った小さな珠へと姿を変え、日村の足元に転がった。

「だから、もう行くわ……」

　白く光り始めた日村の体は徐々にまばゆさを増していく。そして発光が収まった時、そこには魂へと姿を変えた日村がいた。

「日村さん……」

　日村は自《みず》ら魂へと変化した。淡く光る玉は、なんの苦悩も感じさせずにふわふわと浮いている。ルリオに肩を突かれ、ケイははっとした様子でポケットに手を入れた。

　取り出した風船の色は赤。ケイは風船を膨らませて口に金糸を結びつけると、かすかに緊張した面持《おもも》ちでそれを魂へ差し出した。魂は迷わず風船の内側に入り込む。

　ケイは光を宿した風船をじっと見つめると、静かに金糸から手を離した。

　風船がゆっくりと浮かび上がっていく。一拍ののち、ルリオが歌声を響かせた。澄んださえずりは魂を慰《なぐさ》める鎮魂歌《ちんこんか》、――いや、もしかしたらこれは、旅立ちを寿《ことほ》ぐ祝歌《しゅくか》なのかもしれない。

風船は香織たちのいる二階を越え、団地の屋根を越え、そして夜の空へと消えていった。

さえずりを止めたルリオがふるりと体を震わせる。

夜空を見上げたままの響希の耳に、ケイのため息が聞こえた。あきれた時にもらす聞こえよがしなため息とは違う、自然にこぼれ落ちた小さな吐息……。

そっと隣をうかがうと、ケイは夜空に見入っていた。その横顔が普段よりやわらいでいるように思えるのは、きっと気のせいじゃない。

霊はこの世界に干渉できない。でも、ケイや響希が間に立てば、霊はほんのわずかにでも世界に触れることができるのだ。たぶんケイもそうと知っただろう。

「ケイ、重石を……」

ルリオの視線が日村の残した珠を示した。ケイがそっと拾い上げたそれを響希は見つめる。

「あれ……なんだか……」

以前見た重石は水晶のように透き通っていた。今、ケイが持つ重石も透明であることに変わりはないのだが、街灯の光を受け、表面に虹《にじ》色の光彩を浮かび上がらせている。

「どうだ、いつもより重いか？」

と、ルリオが身を乗り出した。

「……わからない」

　ケイは重石をルリオの嘴に寄せた。こくりとそれを飲み込んだルリオは、身に含んだものの重さを確かめるように、ケイの肩の上でぴょんぴょんと飛び跳ねた。

「うーん……確かにわからないな。量ってみようぜ」

　ケイがポケットからばね秤を取り出すと、ルリオはフックに飛び乗った。フックの揺れが収まったところで響希は目盛りを見た。

「どうだ？　なんとなくいつもより下がった気はするけど……」

　ルリオがもどかしげに尋ねてきた。指標に指先を添わせた響希は、はっと大きく息を呑んだ。

「一を越えている。一と半ぐらい！」

「まじかよ！　すっげー重いじゃん！」

　フックから飛び立ったルリオはケイの肩へ止まった。両羽をばさりと広げ、ケイの首筋に抱きつくようにする。

「大いなる一歩だ！　今までどれだけ重石を集めても、全然ノルマに近づいた気がしなかったけど、これなら本当に達成できるかもしれない！　響希が手伝ってくれたおかげだよ。ほんとにサンキューな！」

　その喜びように響希は笑みをこぼした。日村が未練から解き放たれたことも、ケイの解放の道が拓けたこともうれしかった。

けれど、自分がルリオの無邪気な謝辞に値しない人間であることを思い出し、その喜びは急速に萎《しぼ》んでゆく。

ケイたちに伝えなければならない。あの時、歩道橋で聞こえた彼の……波音《なおと》の声のことを。

そして確かめなければ。波音が霊になっているのか、今も苦悩から解き放たれないままでいるのかを……。

自分のすべきことはわかっている。わかっているのに、それができない。

「ケイ、やったな！」

ルリオがケイの肩で飛び跳ねた。解放への道筋が見えたというのに、ケイの顔に喜びの色は見えなかった。

響希はやっと気づいた。ケイは果たせぬノルマに圧されて解放を望めなくなったのではなく、本当に望んでいないのだ。諦めているのではなく、そもそも解放されたくないと思っている。

疑問を含んだ響希の視線を遮るように、ケイはキャップのつばを下げた。

団地を後にした響希たちは踏切へ向かった。

踏切に着き、ケイに礼を言って荷台から降りると、ルリオがケイの胸ポケットから顔を出した。

「かなり遅くなっちまったな。母ちゃんに怒られないか？」

「平気。遅くなることはメールで伝えてあるから」

　昨日も今日も大学の図書館にこもって課題をしてきたことになっている。さらに今日は、図書館の閉館後に友人と食事をしに行ったことにした。嘘をつくことに対する後ろめたさはあるが、しかたがないと思うしかない。

「今、霊のメロディは聞こえるの？」

「うん、弱いけどな。遮断機の手前辺りで電車が来るのを待っている」

「……つらいね」

　死を願うような境遇にいた過去も、願いを叶えたことに気づかない今も、どちらもつらい。肩を落としたその時、カンカンと警報が鳴り出し始めた。

　バーが下りる。その瞬間、ルリオがケイの名を呼び、ケイが自転車から降りた。

「もうやめろ」

　ケイが言った。慌ててその背に触れると、バーをくぐる霊の姿が見えた。

「自分の状況を理解しろ。あなたはもう死んでいるんだ」

　ケイの言葉に霊が振り返った。こちらの声は届いている。意味は通じているのだろうか。

「死にたくてしかたなかったんだろう？　その願いはとっくに叶っているんだ。だからもう、そんなことをする必要はない」

「……放っておいてくれよ」

右耳から聞こえた声は、日村のような片言ではなかった。驚く響希たちに背を向けた霊は、電車が近づく線路へ向かった。

「待って！」

響希の叫びは届かなかった。線路に立った霊は、迫り来る鉄の塊を待ちわびるかのように両手を広げた。

少年とカメラ

ビニール袋を片手にコンビニを出た啓《けい》は、はっとして足を止めた。

啓の自転車の横に立つ男は、かつて母に向かってそうしたように、シルクハットのつばに触れた。

「やぁ、久しぶり」

啓は自転車に近づいた。無言のままハンドルに袋をかけてスタンドを蹴り上げると、男は「あれ？」と眉を上げた。

「そんな冷めた反応でいいの？　僕に聞きたいこと、いろいろあるんじゃない？　君だけに見える影の正体とか、僕は何者なのかとか。まぁ、影の正体のほうはすでに気づいているんだろ？　お察しの通り、あれは君たちの言葉で表すなら霊というものさ」

べらべらと話し始めた男の目は左右で色が異なっていた。右が金色で、左が銀色。十二年前に会った時には気づかなかった違いだ。

「それでは、僕は一体何者なのでしょうか？　ヘイ、シンキングターイム！」

大仰な仕草で両手を広げた男を無視し、啓は自転車を動かした。

自分の異様な力については考えない。それが最善なのだと、母を亡くした日に気づいた。時折姿を見せる影は無視する。あの日母に起こったことについては思い返さない。そうやって十八まで生きてきたし、これからだってそうするしかないと思っている。

今さら男に教えてほしいことなどなかった。興味がない。男にも霊にも、自分の力にも。

サドルにまたがった啓に対し、男は不服そうに唇を尖《とが》らせた。

「無視するなんてひどいなぁ。君の力を見込んでわざわざスカウトに来たというのに」

スカウト――。思いがけない言葉に動きを止めると、男は啓の肩に手を置き胡散臭《うさんくさ》い笑みを浮かべた。

「興味がわいた？　そう、君にやってほしい仕事があるんだ」

※※※

「あなたの名前は？」

投げかけたのはもう何度も繰り返した質問だ。遮断機の前に立つ霊はこれまでと変わらず、答えを返さない。

警報が鳴り、バーが下りた。電車の音が近づいてくると、霊は身をかがめてバーをくぐった。響希《ひびき》はその背に向かって声を張り上げた。

「あなたは一体、何を求めているんですか。どうして何度も電車に轢《ひ》かれようとするの？」

死ぬという目的は果たしたのに。目的を果たしたことにも気づいているだろうに――。

霊は無言のまま線路を目指した。なぁ、とケイの肩に乗ったルリオが声を上げた。

「兄ちゃん、自分の状況はちゃんとわかっているんだろ。俺たち、あんたをその状態から解放したいんだ。あんたの名前を教えてくれよ。じっくり話し合おうぜー」

霊は線路に立った。電車は走行音を轟《とどろ》かせながら踏切に迫り、そして通過した。

警報が止《や》んでバーが上がると、線路から霊の姿は消えていた。ルリオが首を横に振る。

「もうメロディが聞こえない」

「……やっぱり何も答えてくれないね」

響希はケイの腕から手を離してため息をついた。

踏切の霊と二度目の邂逅《かいこう》を果たしてから、およそ三週間。響希たちは折を見ては踏切に集まり、ケイが霊の姿を捉《とら》える瞬間を待った。しかし運良くその瞬間に立ち会い霊に話しかけることができても、霊は名前も、未練がなんなのかも語らなかった。

話が通じていないわけではないのだ。初めて声をかけた時には明確に返答したのだし、その後の頑《かたく》なな無視は、むしろ響希たちを強く意識しているからこその振る舞いに思えた。質問には答えずとも、うっとうしそうにため息をついたり、うるさげに首を振ったりしたこともあった。

スーパーにいた時の日村《ひむら》とは違う。霊はおそらく正気を保っていて、自分がすでに死んでいることもわかっている。その上で故意に響希たちを無視し、何度も電車に轢かれようとしている。

「響希、もう大学へ戻ったほうがいいんじゃないか」

ルリオに言われて響希は腕時計を見た。今は昼休みの時間だが、そろそろ戻らないと三限の授業に間に合わない。

「とりあえずここの霊のことは保留だ。本人が何も話してくれないんだったらどうしようもねぇもん。ケイ、俺たちもここから離れて、他の霊を探しに行こうぜ」

ケイはサドルにまたがり自転車を発進させた。響希は羽を振るルリオに手を振り返しながら、小さくなっていく彼らの姿を見送った。

四限が突如休講になったので、響希は大学の図書館で地元新聞の縮刷版を閲覧《えつらん》した。踏切にいた霊は市内に在住していた人のようなので、お悔やみ欄《らん》に葬儀情報が寄せられている可能性もあると考えたのだが、事故後の数日分を調べても死亡者の年齢と性別に合う人物の掲載はなかった。事情が事情なだけに、家族が掲載を望まなかったのかもしれない。

収穫のないまま図書館を出た響希は、飲み物を買うため生協の売店に向かった。ふと自転車を運転するケイの背中が思い浮かぶ。

死神の下請け――。時を止められ、人らしい習慣を失い、いつ見つかるともわからない霊を探し回るその毎日……。

なぜケイはそんな仕事を引き受けたのだろう。どうして解放を望まないのだろう。

常にその疑問はつきまとっているが、本人が語ってくれない以上、ケイの真意を知るすべはない。語ることを求めていいほど自分たちの距離は近くないし、何より響希自身、ケイに語っていない秘密を持っている。

ため息をついて売店に入ろうとすると、出入り口の横に立てられた笹《ささ》が目についた。もうじき迎える七夕のためのディスプレイだろう。

笹の隣に置かれた机には短冊《たんざく》が用意されている。響希は笹に近づき、飾られた色とりどりの短冊を眺めた。

単位が取れますように、内定が取れますように、彼氏ができますように……。無邪気な願いのまばゆさに思わず目を細めていると、一条晴一《いちじょうはるいち》が建物内に入ってきた。

「あ、志田《しだ》さん」

響希に気づいた一条は片手を上げた。食事会に関わるやり取りをして以来、一条の中で響希はただの同級生から知り合いというぐらいの認識に変わったらしく、会えば気軽に挨《あい》拶《さつ》をしてくる。ぎこちなく笑みを返すと、一条は笹に目を向けた。

「短冊に願いごとって、幼稚園生かよ」

そう茶化した一条は、しかし当然のように短冊とペンを手に取り、願いごとをすらすらと書き始めた。

「志田さんは書かないの？」

ちらりと向けられた視線に、響希は軽く身を引いた。

「私はいいの。願いごと、何も思いつかないから……」

けれど、思い出す記憶はあった。


入院してから半年が過ぎたころ。

「ねぇ……病気が治ったら一番に何がしたい？」

小児科病棟のラウンジで、響希は向かいに座る波音《なおと》にそう尋ねた。しかしスウェット姿の少年は読んでいる本から顔を上げることなく、「うん」と適当な返事を寄こした。

「ねぇ、聞いてよ」

響希は本の上でひらひらと手を振る。やっと顔を上げた波音は、ずれたマスクを引き上げながら「やめておけよ」と言った。

「戦争が終わったらの話をする兵士と、病気が治ったらの話をする病人は死ぬもんだぞ」

「私はね、ホテルのデザートビュッフェに行きたい」

ふざけた脅《おど》しに構わずそう言うと、ふふ、とあきれたような笑いが返ってきた。

「死亡フラグ立てたわりには、ずいぶんとお手軽なお願いだな」

「生クリームが恋しいんだよ」

抗がん剤の治療中は免疫力《めんえきりょく》が著《いちじる》しく低下するため、食中毒を起こす可能性が高い生ものは口にするのを控えないとならない。生クリームも食べられないものの一つだ。

「私は誕生日当日に入院したんだって前に話したでしょ。お気に入りのケーキ屋さんでバースデーケーキを予約していたのに、受け取りに行くことすらできなかったんだよ。それが悔しいの。だから私は退院して薬の服用が終わったら、絶対ビュッフェに行くって決めてるんだ」

テーブルに肘《ひじ》をつき、そんなささやかな願望を訴える。

抗がん剤の副作用は容赦《ようしゃ》なく体を痛めつけた。常に気持ちが悪く、強い吐き気に何度も襲われた。口内炎《こうないえん》が痛み、まともに食事が取れず体重ががくんと落ちた。

つらい日々だった。響希は健康と自由を奪った病気を厭《いと》い、恨んだ。けれど、恐怖は薄かった。

命を失うこともありえる病だとは知っていた。が、病気が快癒《かいゆ》し健康な生活を送っている人も少なからずいるのだ。自分は後者になれるだろうと思っていた。

根拠があったわけではない。勇敢《ゆうかん》さからそう信じていたのでもない。ただ、実感がわかなかっただけだ。

白血病で死ぬ確率、化学療法で死ぬ確率、移植で死ぬ確率。その数字がいくつだろうと、十四歳の響希にとって死を身近に感じるのは難しかった。漠然《ばくぜん》とした不安はあっても、自分は治るだろうという自信のほうが強かった。

自分の未来はどこまでも続いている。波音の未来だってそうだと思っていた。

「これで私は『あー、最期《さいご》にたらふくケーキを食べたかった』って思いながら、息を引き取ることに決まったね」

だから、そんな軽口を言えたのだ。

「俺は海かな」

と、波音は本をテーブルに置いた。

「あれ、波音も立てちゃうんだ、死亡フラグ」

「しかたないから付き合ってやるよ。俺は病気が治ったら海に行くんだ。地元の海」

波音だって、きっと響希と同じ思いだったはずだ。

波音にとっては二度目の入院生活だった。一度目の入院は、波音が十二歳の時。左足の骨にできた腫瘍《しゅよう》は、約半年間の入院の中で行われた化学療法と手術により取り除かれた。

しかしその後一年ほどで肺に転移が見つかり、再び入院することになった。

そんな状況でも波音は悲観する様子を一切見せずに、常に飄々《ひょうひょう》と振る舞っていた。つらいはずの抗がん剤治療の最中でも「もう慣れたもんだよ」とうそぶいた。強がる気持ちもあっただろうが、波音にとってもその時はまだ、死は遠くにしか感じられなかったのだと思う。

「本当はさ、病気が治ったら地元に戻って暮らしたいんだ。でも、それはしばらく無理だろうから、せめて海だけでも見に行きたい」

波音は他県の生まれだ。海辺の街で、父方の祖父母と二世帯で暮らしていたらしい。病気が発覚した時、波音の両親は波音を地元の病院ではなく、治療実績が多く設備の整ったいぶき医療大学付属病院に入院させることに決めた。母の実家がいぶき市にあったこともその決断を後押ししたそうだ。

一度目の退院後に母の実家に住み始めたのは、再発や転移があった場合のことを考えると、まだ故郷に生活の基盤を戻すことはできなかったからだという。

「退院した後、地元に帰ったこともあったんだけど、海には行けなかった」

海風は体に障《さわ》るからやめろと祖父母から厳しく注意されたのだと、波音は語った。

「だから一人でこっそり行ってやろうと思って、朝早くに家を抜け出そうとしたんだ。でもじいちゃんに見つかって、頭に強烈なげんこつ食らった。絶対に海風なんかよりもでかいダメージだったよ、あの一撃は」

大げさに顔をしかめた波音を見て、響希はけらけらと笑った。波音と話していると、自分が病気であることを意識せずに済んだ。

自分も波音も寝巻姿で、マスクで顔の下半分を覆《おお》い、髪の薄くなった頭を隠すためにニット帽をかぶっている。どこからどう見ても重病人だ。それなのに二人でいると、自分の姿も波音の姿も気にならず、くだらない話で大笑いすることができた。

「次に退院した時は、誰がなんと言おうと俺は行く。じいちゃんと刺し違えてでも、海を見に行ってやるぜ」

「泳ぐんじゃなくて、見るだけなの？」

笑いまじりに聞くと、波音はうん、とうなずいた。

「俺は泳ぐより、海をぼうっと眺めているほうが好きなの。近所の浜辺にさ、海に向かって突き出した栈橋《さんばし》があるんだ。夕暮れの時間に、その栈橋の先端に立って見る景色は最高だよ」

そう語る波音の顔は明るかった。同じ気持ちを味わいたくなって「どんな景色？」と尋ねると、波音はにっと笑った。

「駆け出したくなるような景色」

「……なにそれ。全然わかんない」

はぐらかされた気がして不満をこぼすと、波音は背もたれに寄りかかりえらそうに腕を組んだ。

「わからなくて当然だよ。あの感動は、実際に見たやつだけのものだ」

「……それじゃあさ、私も波音も退院できたら、二人で一緒に海に行ってその景色を見ようよ」

　勇気を振り絞り、けれどそれを悟られないように、なんてことのないふりをしてそう誘う。しかし波音は本を手に取り、

「ええ、やだよ。二人で海を見に行くって、なんかそれ、デートみたいじゃん」

「……あー、そっか……」

　響希は笑った。――そっか。デートみたいになるのは嫌なんだ……。

「デートみたいになっちゃうもんね。うん、それはやめておこう」

「だろ」

　と、再び本を読み始めた波音に気づかれぬよう、響希はそっと肩を落とした。


「いいなー」

　一条の声が聞こえ、響希ははっと現実に戻った。

「願うことがないくらい充実してるってことでしょ。羨《うらや》ましいな」

　邪気のない笑顔に、響希は「そういうわけじゃないけど」と苦笑した。

　こうしたいと強く思うことも、これがほしいと熱望することも長らくなかった。

　響希は波音を裏切った。その罪悪感が、それらの感情を飲み込んでいる。

「せっかくだから、一番高い所に飾ろう」

　一条は背伸びをして一番高い所に生えた笹の葉に短冊をぶら下げた。水色の短冊には

『自転車に乗る練習ができますように』と書かれていた。

「俺、自転車に乗れないいんだよね」

恥ずかしそうに頭をかいた一条に、響希は首を傾けた。

「だったら自転車に乗れますように、って書いたほうがいいんじゃない？」

「ううん。これでいいんだ」

きっぱりと言った一条は、「じゃあね」と売店に入っていった。その直後、バッグの中で携帯電話が震える。取り出して画面を見ると、ケイのアドレスからメールが入っていた。

『仲間から連絡が入った。市立公園のグラウンドに霊がいるらしい。授業が終わったら来てくれ。ルリオより』


市立公園に到着した響希は園内の歩道を進んだ。広い公園だが、小学生のころに何度か遊びに来たことのある場所なので、案内板を見ずともグラウンドへの道順はわかっていた。

遊具が置かれた芝生のエリアを抜け、併設されたグラウンドに足を踏み入れる。東側では老人たちがゲートボールに興じ、西側では三人の子どもが野球をして遊んでいた。

ケイは西側の歩道沿いに置かれたベンチの前に立っていた。その視線はグラウンドの横に広がる小さな森に向いている。近づくと、ルリオが「来たか」とケイの胸ポケットから顔を出した。

「森の中だ。メロディが聞こえる」

「ケイには見えているの？」

ケイが首を横に振ったので、響希はルリオに「霊はどんな様子？」と尋ねた。

「俺たちが来た時は、森の中をうろついているように聞こえた。でも、十分ぐらい前にあの子どもが来てからは、ずっとあの子のそばについている」

ルリオの視線の先には、小学一、二年生ぐらいの男の子がいた。首から携帯電話をぶら下げ、肩から斜めにバッグをかけている。

「そばについているということは、霊とあの子は知り合いなのかな？」

男の子は突然地面に座り込んだ。バッグからなにやら四角い物体を取り出すと、それをカタカタと玩具《おもちゃ》のように変形させる。なんだろうと思っている間にでき上がったのは、ヴィンテージ品と言っていいぐらいに型の古いカメラだった。

男の子はレンズを地面に向けてシャッターを押した。インスタントカメラらしく、すぐに写真が出てきた。

「見えた」

ケイが言った。すぐにその背に触れると、男の子を見下ろすおぼろげな影が響希の目にも見えた。

おそらくは男で、腰や膝《ひざ》の曲がり具合からすると、おそらくは高齢だろう。

「今の状況じゃあ話しかけられないな」

霊と子どもの距離が近すぎる、とルリオは言った。確かに今霊に話しかけたら、男の子には不審者だと思われるだろう。誰もいない空間へ話しかけているようにしか見えないのだから。

「カエセ」

ふいに霊の声が聞こえた。「聞こえた？」と尋ねると、ケイはうなずいた。

「カエセ」

片言で繰り返した霊は、カメラに向かって手を伸ばした。その時、公園のスピーカーから音楽が鳴り始めた。十七時になったことを知らせる合図だ。

男の子は慌てた様子でバッグからアルバムを取り出すと、そこに写真を収めて森から出た。

霊は右足を引きずるようにして男の子の後を追った。しかし森を出た瞬間、その姿はふっと消える。

「消えちゃった」

響希がケイから手を離すと、「メロディももう聞こえない」とルリオが続けた。男の子がグラウンドから出ていった。

「霊は、あのカメラのことを『返せ』と言ったんだよね」

返せと言うからには、元はあの霊が所有していたカメラなのだろう。

「となると、どうやって子どもからカメラを返してもらう？　どうやってそれを霊に返す？　って話だよな」

ルリオの言葉に響希は腕を組み、うーんとうなった。

「……墓前に置けば、満足してくれるのかな」

「その辺りのことも詳しく話さなきゃな。あの霊が自分の名前を覚えているといいけど」

そうだ、と響希はベンチに座り、携帯電話を取り出した。大学が契約しているデータベースを携帯電話でも使えるよう設定しておいたのだ。

「この公園で起きた事故や事件のこと、地元新聞のデータベースで調べてみるね」

いぶき市立公園と検索をかけると、数件のヒットがあった。見出しをざっと眺める。

「……駄目。痴漢《ちかん》が出たとか、子どもが遊具で怪我《けが》したとか、そういう記事しかない」

もしもあの霊がこの公園内で不慮の事故や事件に遭って亡くなったのなら、記事になっているだろうと思ったのだが、そういうわけではなさそうだ。

「やっぱり地道に張り込んで、ケイが霊の姿を捉えるのを待つしかないか」

ルリオはそう言うと、ポケットにもぐり込んだ。

十八時を過ぎた。グラウンドからは子どもたちも老人も姿を消し、入れ代わるようにして集まった社会人らしき集団がフットサルをしていた。

母へ帰りが遅れる旨《むね》のメッセージを作成し、送信しようとしたところ、横から伸びた手に突然携帯電話を奪われた。

「え、何？」

「電源を切るボタンは？」

ケイは端末をあちこち見回しながら尋ねた。ケイの携帯電話はいわゆるガラケーだ。おそらくスマートフォンに触ったのは初めてなのだろう。

「横のボタンを長押しすれば切れるけど……」

不思議に思いつつもそう教えると、ケイはボタンを長押しして電源を落とした。響希はえっ、とケイの顔を見た。相変わらず、何を考えているのだかよくわからない。

「メッセージ、消えちゃったじゃん」

「もう帰れよ」

と、ケイは端末を響希に押しつけた。

「あんたは四六時中、霊にひっついてもいられないだろ」

「でも、私がいないと、霊が姿を見せても名前がわからないじゃない」

たとえ霊が自分の名前を教えたとしても、響希がいなければその声はケイに届かない。それを指摘すると、ケイは顔を背けた。ルリオがポケットからはい出て響希の肩に飛び移る。

「まぁ、ケイもこう言っていることだし、響希はもう帰れよ。そこまで送ってやる」

響希は息をついて立ち上がった。ケイから離れると、ルリオは「あのな」と切り出した。

「あれでもケイなりに心配しているんだよ。響希には帰る家があって、学校もある。ケイみたいに疲れない体でもない。霊や自分に入れ込むことで、響希の日常が壊れてしまわないか不安なんだ」

「そうなのかな……」

ちらりと背後を振り返ると、ケイはこちらを気にする様子もなく森に視線を注いでいた。

「俺たちももう少ししたら、ここを離れるよ。どこかに霊がいないか探して……夜が深まったら、ネットカフェにでも入る。だから響希は気にせず家に帰ってくれ」

「うん、でも……」

疲れを感じないケイに帰る場所は不要だという理屈はわかる。――けれど、心は？　根を下ろすことのできない生活では、体は疲労せずとも、心が疲れてしまうのではないだろうか。それを考えると、足取りはどうにも重くなった。

「ケイのこと、心配してくれているのはわかる。でも、お前まで無理にケイに合わせる必要はないんだぞ。響希には響希の大切な人生があるんだから」

　大切な人生。そう言われると、なんだか落ち着かないような、申し訳ないような気がした。自分がそう言ってもらえるような生き方をしているとは思えなかった。

「それに俺、思うんだ……。学校へ通ったり、家族と過ごしたり、そういう時間って、ケイにはないものだろ。だからこそ、響希にはそういう普通の人としての時間を大切にしてほしい。ケイに日常ってものを感じさせてやってほしいんだよ」

　愛らしい小鳥には不釣り合いな、すがるような声音《こわね》だった。響希のひそかなたじろぎを感じ取ったのか、ルリオは気まずげに嘴《くちばし》をもごもごと動かした。

「俺や俺の仲間は、メロディが聞こえれば心が弾むし、歌えればご機嫌な気分になれる。音楽があるなら、それだけで幸せなんだ。――でも人間ってさ、そういうもんじゃないだろ。誰かと飯を食ってうまいって笑い合ったり、誰かと触れ合って互いの温もりを伝え合ったり……そういうふうに他の人間と関わっていないと、幸せじゃないんだろ？」

「……そうだね。そういうものだと思う」

　響希は目を伏せた。その誰かを喪《うしな》う悲しみは、だからこそ押し潰《つぶ》されそうなほど重たいのだ。

「……二人目なんだ」

「え？」

「……ケイの前にも、俺には半死神のパートナーがいたんだ。人間からしたらずっとずっと昔の話だけどな」

ためらいがちな口ぶりから、それがルリオにとって幸福な過去でないのがわかった。

「そいつの力も霊の姿が見えることだけだったから、軽い重石《おもし》しか集められなかった。だからどれだけ重石を集めても集めてもノルマが達成できず、十三年、また十三年、またまた十三年と仕事を続けたんだ……」

ルリオは羽毛をしぼめた。小さな体がますます小さく見える。

「そいつさ、最初のころは年を取らないことを喜んでいたんだよ。ケイとは違って、楽観的でよく笑うやつだった。でも、何年も死神の下請けとして過ごしていくうちに、少しずつ変わっていった。心が擦り切れちゃったみたいに、笑うことも怒ることもしない人間になってしまった……」

やはり、心の摩耗は防げないのだ。顔も名前も知らぬルリオの元パートナーのぼんやりとした想像図に、ケイの姿が重なった。

「そして三十九年目の査定を合格できなかった時、あいつは諦《あきら》めてしまった」

「……諦めた？」

「リタイアしたんだ。前に話しただろ？　査定をクリアできなかったら、またノルマが課せられて十三年間働き続けなくちゃいけなくなるって。でも実は、もう一つの選択肢も用意されているんだ。ノルマが達成できなかったら、そこでリタイアすることもできる」

「だったら……」

リタイアが許されるなら、最初の十三年目の査定の時にそうすればよかったし、ケイだってそうすればいい。

私の手伝いなんて必要ない。そう言おうとして、しかしすぐに思い直した。

「……リタイアを選択したら、なにかペナルティがあるの？」

ルリオはジジ、と低く鳴いてうなずいた。

「リタイアを選択すれば、そいつは死神の下請けの仕事から解放される。でも代わりに、そいつの存在が消えてしまうんだ。死ぬこととは違う。魂《たましい》さえも、消え去ってしまうんだから……」

「魂も……」

魂というものがなんなのか、実のところまだよく理解できていない。それなのに魂が消え去ると聞くと、言いようのない不安を感じた。

「そいつは最期に『これで楽になれる』って笑ったよ。久しぶりに見た笑顔だった……。俺、もしかしたらケイもあいつと同じ道を選ぶかもしれないって思っていたんだ。もしかしたらケイはそいつよりもっと早く……最初の査定でそれを選択してしまうかもしれない気がして、怖かった。だから響希に霊の声が聞こえるってわかった時、思わず声をかけちやったんだ」

ルリオは居心地が悪そうにもぞもぞと羽を動かした。

「俺、あんな思いは二度としたくないよ。俺はケイを響希たちがいるところに帰したい。響希だって、ケイは今のままでいるべきじゃないって思うだろ？」

「……そうだね」

傍《はた》から見て彼を取り巻く状況はあまりに異様だ。そして、かつての死神の下請けが迎えた結末を知った今、ケイにはそうなってほしくはないと思った。労苦の果てに手にするのが消滅だなんて、あまりに悲しい。たとえ、ケイ自身がどう考えていようとも……。

「そのためには、何よりケイ自身が帰りたいと願わないと駄目だと思う。だから響希には、なるだけ日常の中にいてほしいんだよ。ケイと人の世界をつないでほしい。仕事を手伝ってくれなんて言っておいて、勝手だけどさ」

「……わかった。私、ちゃんと家にも帰るし、大学もなるべくさぼったりしない。ケイがささやかな日常を感じられるようにする」

その行為にどれだけの効果があるかはわからない。けれど、ルリオの思いをないがしろにはしたくなかった。

「うん、頼むな」

安心したように羽毛を膨らませたルリオの姿に響希は微笑《ほほえ》んだ。お前のそばにいるのは飽き飽きだ、なんて言いながら、この小鳥は相棒のことを心から案じているのだ。

「ルリオは優しいね」

「おっと、惚《ほ》れてくれるなよ。俺に惚れたらヤケドするぜ」

響希はグラウンドの出入り口の前で足を止め、再びケイを振り返った。遠くにいるケイがどんな顔をしているのかは見えない。

「もしかしてその人やケイは、死神に騙《だま》されて仕事を請け負わされたの？」

下請けになることで失うものについて何も知らなかったから、安易に契約を結んでしまったのかもしれない。そう思ったのだが、ルリオは首を振った。

「契約はフェアなものだ。死神は騙すような真似《まね》をしていないし、強制もしていない。あいつらは自分の意思で死神の下請けになることを選んだんだよ」

ならば、二人の人間を決意させたものはなんだったのだろう。響希はルリオを見て、しかし疑問をぐっと飲み込む。ケイがあそこまで頑なに話さないことをルリオに聞くのは卑《ひ》怯《きょう》な気がしたし、おしゃべりなルリオでもそれは語らない気がした。

「悪いけど、送るのはここまでな。俺、ケイからあんまり離れることはできないんだ。俺自身も死神との間にはいろいろ契約があって、好き放題するわけにはいかないんだ」

そう言ったルリオは近くの看板に飛び移ると、嘴でさっと羽を整えた。無垢《むく》そのもののようなこの小鳥にも過去があり、しがらみがあるのだ。

「進展があったら連絡するよ。またな」

　ばさりと翼を広げたルリオは、ひとり佇《たたず》むケイのもとへ飛んでいった。


『授業が終わったら公園のグラウンドに集合。ネガティブブラックが事案になりかけた』

というメールが届いたのは、翌日の四限の授業が終わった直後だった。もちろん文章を打ったのはケイではなくルリオだろう。ルリオは嘴と爪《つめ》で自由自在に携帯電話を操れるそうだ。

　メールには画像ファイルが添付されていた。開いてみると、ルリオの顔がアップで現れる。どうやって撮ったのか、カメラに近すぎて目と嘴ぐらいしか映っていない。

　思わず噴き出すと、近くにいた学生が怪訝《けげん》そうな視線を向けてきた。懸命に笑いを堪《こら》えて教室を後にした響希は、徒歩で公園に向かった。

　十分ほど歩いてグラウンドに着くと、バットやグローブを持った三人組の子どもたちが、響希を駆け足で追い抜いていった。さっそく野球を始めた彼らを横目にベンチに近づく。座っていたケイに声をかけるが、ケイは小さく「あぁ」と答えたまま顔を上げない。代わりにポケットから顔を出したルリオが、「聞いてくれよー、響希」と訴えた。

「何があったの？」

「こいつ、まじでアホだぜ」

ルリオはじろりとケイを見上げて、大げさなため息をついた。


昨夜、響希と別れたのち、ケイとルリオはとある予想を立てた。

あの男の子が見知らぬ老人からカメラを盗んだとは思えない。おそらくは祖父が孫にカメラを譲ったけれど死の間際にそうしたことを惜しく感じてしまった、というような事情があったのではないか。

もしそうであるなら、あの男の子が老人の名前を知っているはずだ。ならば男の子を探して老人の名前を聞き出せばいい。

そして今朝、ケイたちは公園の近くにあるいぶき第一小学校を訪れた。放課後、この公園に遊びに来ていたことから考えると、男の子は近所に住んでいる可能性が高い。この辺りは第一小学校の学区なので、男の子がそこの児童であると踏んだのだ。

校門の近くで張っていると、予想通り男の子が学校に入っていく姿を見つけた。しかし、校門の前には教師がいて話しかけられるような状況ではなかったらしい。ケイたちは放課後の時間帯になると、再び校門を張った。そして十五時を過ぎたころ、一人で門から出てきた男の子を見つけ、その後を追った。

「ケイってばあの子どもを呼び止めて、『お前の祖父は生きてるか』っていきなり聞いたんだぜ。もう、さりげなさゼロ。違和感ありあり」

男の子はとまどう様子を見せながらもうなずいたそうだ。ケイが「二人とも？」と念を押すと、「二人とも生きてる」と答えた。

「おじいちゃんにもらった説は間違いか……。じゃあ、ひいおじいちゃんだったのかも」

響希の言葉にルリオはうなずいた。

「ケイもそう考えて、『ひいじいちゃんは生きてるか』って、ど直球で聞いた。そしたらあの子ども、『うん』ってうなずいたんだ。『四人全員か』って確認したら、『みんな元気です』だってさ。でさー、こいつ、答えが予想と違ったもんだから、焦りやがった」

ルリオは仏頂面《ぶっちょうづら》で黙り込むケイをちらりと見上げ、

「子どもに『それじゃあカメラは誰にもらった？』って聞いちゃったわけよ」

「え、そんなこと言ったら……」

響希はケイを見た。しかしケイは顔を背けたまま目を合わせない。ルリオがため息をついた。

「そうだよ。子どもからしたら、こいつ誰だよ、なんでカメラのこと知ってるんだって話だよ。ストーカーかよって話だよ。もう変質者を見る目なわけ。で、手がすーっとランドセルについた防犯ブザーに伸びたわけ」

事案の意味を理解し、響希は「あぁ……」ともらした。

「ケイはチャリを漕《こ》いで逃亡。全身全霊の全力漕ぎだよ。結局、ブザーは鳴らされずに済んだけどさ」

「子どもと……」

ケイは野球をする子どもたちに目を向けた。カメラを持っていた男の子と同じ年ごろだ。

「子どもと話すのは苦手なんだ」

自信なさげに言ったケイの視線は間違いなく野球をする子どもたちに向かっている。しかし、わずかにすがめられた目は違う何かを見ているようだった。懐かしいものを思い出しているような、そんな目……。

「お前は大人と話すのも苦手じゃん」

ルリオが無情に言い放ち、響希はぎくりと固まった。その通り、などと言えるはずもなく、時が止まったかのような沈黙が降りた。

「――だったら！」

ケイが珍しく声を大きくした。

「お前があの子どもから聞き出せばよかっただろ。口だけは達者なんだから」

ムキになったケイに対し、ルリオが「はぁ？」と声を裏返す。

「小鳥が子どもに話しかけるとか、メルヘンが過ぎるだろうが。ハートフルでファンタジーな物語がおっぱじまっちまうだろうが。つーか俺が響希に話しかけた時、怒ったのはどこのどなたでしたっけねぇ？」

ケイは言葉に詰まった。ルリオの主張のほうが正しいと自分でもわかってはいるのだろう。そもそもよく動くあの黒い嘴に、戦いを挑んだのが無謀だったのだ。

失笑しつつベンチに座った響希は、「あっ」と声を上げた。あの男の子がグラウンドに入ってきたのだ。今日も携帯電話を首にぶら下げ、肩にバッグをかけている。

「やべぇ、ケイ、隠れろ」

ルリオが叫ぶと、ケイは慌てて立ち上がって自転車を抱えた。

響希たちはグラウンドの端にあったトイレの陰《かげ》に身を隠した。ケイが自転車を置くと、ルリオはふぅと息をこぼした。

「見つかったらストーカー認定確実のとこだったぜ」

トイレの陰から様子を見ていると、男の子はひょいと歩道から逸《そ》れて森に足を踏み入れた。

「私、あの子に話しかけてみる」

そう告げると、ルリオは「大丈夫か？」と不安そうに尋ねた。

「世間話のふりしてさりげなく、カメラを誰からもらったのか聞いてみる。男の人が話しかけるよりは、警戒されにくいと思うんだ。――行ってくるね」

響希は散策しているかのように振る舞いながら、カメラを構える男の子に近づいた。足元の草にレンズを向けた男の子は、ピントを合わせてシャッターを押した。

こんにちは、と写真が出てきたところで男の子に声をかけると、男の子は小さく頭を下げて挨拶を返した。

「何を撮ったの？　草かな？」

「……草じゃなくて、テントウムシ。ナミテントウ」

葉の上には確かに赤いテントウムシがのっていた。写真をのぞき込んでみるが、まだ映し出されていなかった。

「映るまでにどのくらいかかる？」

「今の時季だと、五、六分で映り出すかな」

今のところ男の子に響希を怪しむ気配はない。カメラを珍しがって話しかけてきたと思っているのだろう。

「素敵なカメラだね。ずいぶん古いようだけど、誰かからもらったの？」

「……知り合いのおじいさん。もらったっていうか、借りてるんだ」

「知り合いっていうのは親戚の人？　それとも近所の人かな？」

「ううん、違うよ」

そこで会話が止まってしまい、響希はひそかに焦った。さりげなく名前を聞き出すきっかけがつかめない。どうしたものかと思いを巡らせたその時、カメラの上部にマジックで書かれた『三島昭男《みしまあきお》』という文字を見つけた。

「き、君、昭男くんっていうの？」

名前を指差すと、男の子は「これはカメラの本当の持ち主の名前」と言った。——なんだ、答えはこんなところにあったのか。

「あ、少し映ってきたね」

響希は再び写真をのぞき込んだ。葉を上るテントウムシの姿がぼんやりと映り始めている。

「上手に撮れているね」

微笑みかけると、男の子は「そうでもないよ」とすました顔で答え、バッグからアルバムを取り出した。

行列を作る蟻《あり》に、葉をかじる芋虫《いもむし》など、アルバムの写真はすべて虫を写したものだった。男の子が空のポケットに撮ったばかりの写真を入れたその時、ころころと転がってきた白いボールが、彼の靴に当たって止まった。

見た目は野球ボールに似ていたが、素材はゴム製のものだった。男の子はボールに視線を向けたが、「あれ、どこいった？」という声がグラウンドから聞こえると、慌てて立ち上がり木の後ろに回り込んだ。

響希はボールを拾い上げ森に入ってきた子どもに向かって「こっちだよ」と投げ返した。

「ありがとうございます」

ボールをキャッチした子どもは、木の陰でカメラをいじる男の子をちらりと見てからグラウンドに戻った。

響希はその場から離れた。振り返って男の子に見られていないことを確認し、トイレの陰にさっと隠れる。

「あの霊の名前、わかったよ」

「おぉ、さすがだぜ！　キューティピンク」

ケイの肩に乗ったルリオが片足を上げたので、響希は指先でちょんとそこに触れる。

「三島昭男さん。なんと、カメラに名前が書いてありました」

ケイとルリオは目を見合わせた。互いにしばし黙り込んだのち、ドンマイ、とルリオの羽がケイの肩を叩いた。

「今、三島さんのメロディは聞こえないの？」

「聞こえないから待つしかないな。名前を呼ぶには、ケイに見えるぐらいまでは存在力が強くないと。呼んだところで、霊に自分の名前だと理解されなかったら効果がない」

響希たちは男の子の様子をうかがいつつ三島が姿を見せるのを待った。

男の子は黙々と写真撮影を続けていた。どうやら求めている被写体は虫のみらしく、木のうろをのぞき込んだり、石をひっくり返したりしている。飛んでいる虫を探しているのか、顔を上げてきょろきょろ辺りを見回すこともあった。時折、野球をしている子どもたちの姿にじっと見入ることもあったが、向こうが男の子の視線に気づくと、さっと木の陰に隠れてしまう。

やがてスピーカーから十七時になったことを伝える音楽が鳴り始めた。草をかき分けていた男の子は立ち上がり、膝についた土を払った。その時、「見えた」とケイがつぶやいた。

響希はケイの腕に触れ、その視線を辿《たど》った。

森から出た男の子の前に霊が立ちはだかっていた。しかし男の子はその体をするりと通り抜け、グラウンドの出入り口を目指した。

霊は男の子を追った。しかし右足を引きずる霊の動きはのろく、距離は開くばかりだ。

響希とケイは霊に近づいた。

「ケイ、名前を呼べ」

ルリオに言われ、ケイは霊に「三島昭男」と呼びかけた。ぶるりとぼやけた姿を震わせた霊が、ゆっくりとこちらを振り返った。

「ミシマ……アキオ……」

嚙《か》みしめるようにつぶやいた霊に向かって、響希は祈るように告げる。

「それがあなたの名前です。三島さん、自分が誰か思い出して」

霊の姿が再び大きく震えたその時、風がグラウンドを吹き抜けた。

その風にさらわれるかのようにして、霊を覆っていた靄《もや》が消えてゆく。響希は髪を押さえ、三島が本来の姿を現すのを待った。

古そうな型の、けれど手入れの行き届いた紺色の上着を着ている。茶色のズボンの真ん中に入った折目までが見て取れるようになった。

短く刈り込んだ白髪頭、眉までもが白い。えらの張った顔の真ん中には、鷲鼻《わしばな》が厳《いか》めしく鎮座している。

「……翔《かける》」

三島はグラウンドの出入り口を見やった。しかしカメラを持った男の子の姿はすでに消えていた。


三島が亡くなったのは、昨年の十一月の中頃のことだったらしい。ある日突然胸に痛みが走り、「どうやらそのままポックリ逝《い》ったみたいだ」と、ベンチに座る三島は語った。

自分がどうやってこの公園に現れたのか、三島自身にもわからなかった。気づいたらここにいた。自分が何者でどんな状況なのか理解できず、考えようともしなかった。頭にあったのは唯一の思い——翔からカメラを取り返さねばならない、ただそれだけだった。

「翔くんは三島さんから借りたと言っていました。お二人は、どういった関係なんですか」

そう尋ねた響希は三島の隣に座っていた。ケイは響希の隣に座り、二人の指先はかすかに触れ合っている。

「ほら、そこにナラの木があるだろ」

三島は森の中の一本の木を指差した。

「その根元に蟻の巣があったんだがな。翔のやつ、その巣に木の枝を突っ込んで遊んでいやがったんだ……」


去年の九月初旬のことだった。三島は愛用のカメラが入った鞄《かばん》を携《たずさ》え、市立公園を訪れた。公園にいる虫を探してその姿を写真に収めるのは、三島の長らく続く趣味であり、定年後の日課でもあった。時間によって発見できる虫は異なる。そのため朝・昼・夕・晩とまめに公園に通った。住んでいるアパートは公園の近くにあるので、苦労はなかった。

三島が子どもの時、この辺り一帯は森林だった。しかし大学進学で地元から離れている間に森は切り拓《ひら》かれ公園に変わっていた。その際にわずかに残されたのが、グラウンドの横にある小規模な森だ。森の奥には貯水池があり、公園の中で一番虫を発見しやすい場所になっている。

平日の十五時過ぎ。グラウンドはボール遊びをする子どもや、ゲートボールをする老人たちで賑《にぎ》わっていた。

子どもはともかく、老人までもが群れて騒いでいる姿はみっともない。その年齢になってもまだ仲良しごっこをしていたいという甘ったれた気持ちが、三島にはまったく理解できなかった。

不快を堪えて森に入った三島は、ナラの木の根元にかがむ子どもの背中を見つけた。背後からその手元をのぞき込むと、木の枝を蟻の巣穴にぐりぐりと突き刺している。――その子どもが翔だった。

「何をやってるんだ！」

叱《しか》りつけると、翔はびくりと三島を振り返った。

「お前の家が、突然馬鹿《ばか》でかい木の棒に潰されたらどんな気持ちになる！」

三島は翔の手から木の枝を奪った。蟻の巣をできるだけ壊さぬようにそっと引き抜くと、「ごめんなさい」とか細い声が聞こえた。三島はため息をひとつつき、枝を放り投げる。

「馬鹿なことをしていないで、そこらの子どもたちとボール遊びでもしていろ。同じ学校の子じゃないのか」

「……同じ学校の子だからって、気が合うわけじゃない。無理して合わせて遊ぶより、一人でいるほうがずっといいよ」

ぼそぼそと返された答えに、三島は「ほぉ」と顎《あご》を押さえた。子どものわりに、なかなかものがわかっているじゃないか。声が小さいのは、気に食わないが。

「その通り。群れているのは馬鹿なやつらだ。笑うのも一緒、泣くのも一緒。考えることをせず、ただ他人に合わせて他人と同じように振る舞う。そうしていれば楽だし安心だからな。しかしな、外ではなく自分の中に目を向けることで、思考力と感受性が磨かれるのだ。覚えておきなさい。孤独こそが最良の友だ。孤独こそが人間を深めてくれるのだよ」

意味がわからないのか、翔はきょとんとした顔をしていた。

理解できようとできまいと自分には関わりない。三島は翔から離れて虫を捜索した。近頃は歳《とし》のせいで視力が弱まり、小さな虫を見つけるのに時間がかかるようになったが、その時は運良くすぐに木に張りつくカミキリムシを発見した。鞄からカメラを取り出す。

翔が近寄り、カメラを組み立てる三島の手元を興味深そうに眺めた。

「それ何?」

問いを無視して、完成したカメラのファインダーをのぞく。その姿を見てやっと理解できたらしい翔は、「あ、カメラか」とつぶやいた。

カミキリムシにピントを合わせ、シャッターを押した。写真が出てくると、翔はわぁ、と小さな歓声を上げた。しかし三島が手にのせた写真を見ると、

「撮れてないいね」

と、残念そうに言った。どうやらインスタントカメラというものを知らないらしい。

「五分ほど待て。そうすれば撮った写真が浮かび上がる」

「おじいさん、スマホ持ってないの？　スマホなら撮った画像がすぐ見られるし、軽いし、データにも残せるよ。それに、すごくきれいに撮れるんだ。ぼくの貸してあげようか」

翔は首にぶら下げた携帯電話を得意げにかかげた。三島はふんと鼻で笑った。

「このカメラで撮った写真には、被写体と俺、両方の心が映し出されているからこそ唯一無二の味わいが出るんだ。その玩具は、対象をただそのまま写しているだけだろう。誰が撮ったって同じ、無味乾燥の写真が撮れるだけだ」

「ほ、本当にきれいなんだから。撮って見せてあげるよ」

むきになって言い返したその時、カミキリムシが木から飛び立ち、翔は悲鳴を上げて体をのけぞらせた。情けない姿に三島は声を立てて笑った。

「ほら、虫もそんなもので撮られるのはごめんだとよ」

「いいもん。違う虫を探して撮るから。もっとかっこいいやつ」

翔はむくれた顔で言い返すと、木のうろの中をのぞき込んだ。

「その日以来公園に来ると、翔が寄ってくるようになった。ちょろちょろとうっとうしかったが、あいつは若いだけあって目が良い。小さな虫をよく見つけては、いそいそと報告してくる。役に立たないこともないから、そのまま放っておいた。そんなこんなでひと月ほど経《た》ったある日、俺はアパートの階段を踏み外して関節を痛めた」

三島は苦い顔で自分の右膝をさすった。

「それでも俺は公園へ向かった。しかし動くたびに痛みが走ってろくに歩けたもんじゃない。やっと辿り着いた時には、もう疲れ果てていたよ。そこへいつものように翔がやってきたから、俺はあいつに『足を痛めたから公園に通うのをしばらくやめる』と言った。そしたらあいつは自分にカメラを貸してくれと頼んできた。俺の代わりに自分が虫の写真を撮る、とな」

「それで翔くんにカメラを貸してあげたんですね」

響希の言葉に三島は「まぁな」とうなずいた。

「どうせ自分にはしばらく使えないからな。それに半世紀近く使い続けた物の使用を急に止めたら、そのまま動かなくなってしまいそうな不安も感じた。翔は放課後、この公園で虫の写真を撮ると、俺のアパートまで来てその日の成果を報告するようになった。しかしその写真のできといったら、ピントはずれているし、構図はなっていないしで、とても見られたもんじゃない。あんな腕のやつに、俺のカメラが使われてたまるか！」

三島は腕を組み、顔をしかめた。

「取り返そうと思っていたが、その前に俺は死んでしまった。このままあのカメラが翔に使われ続けると思うと、やり切れん。それこそ死んでも死にきれない、だ」

「あの、でも、翔くん、とても熱心に写真を撮っていましたよ。あのカメラに夢中になっているようです」

そう響希が言っても三島は「駄目だ」と首を横に振った。

「絶対に返してもらう。そもそも持ち主が死んだのをいいことに、借り物をちゃっかり自分の物にして使い続ける根性が許せん」

「自分の物にしているつもりはないと思います。借り物だって言っていましたから」

「そう言ったところで、翔の手元にあり続けるなら、翔の物になったも同然じゃないか」

「……でも、翔くんからカメラを取り返しても……三島さんにはもう使えません」

ためらいつつもそう伝えると、三島はふん、と鼻を鳴らした。

「そんなことはわかっている。とにかく、あれが俺以外の物になるのが耐えられんのだ。取り返した後は、べつに捨てたって壊したって構わない」

傲慢《ごうまん》に言い切った三島は、ふと響希たちの顔を見回した。

「ところであんたら、一体何者なんだ？」

「人間の物への執着《しゅうちゃく》は恐ろしいな。自分には使えないカメラなんて、気前良くやっちまえばいいのに」

ルリオは響希の肩でそうつぶやいた。響希たちは三島と別れ、踏切に向かっていた。

三島は今も公園のベンチに腰かけているのだろう。おぼろげな影として佇んでいた三島の姿は不憫《ふびん》に見えた。しかし明確な意識がある分、三島にとっては今の状態のほうがつらいのかもしれない。

誰にも関われず、誰かが関わってくることもない孤独。それは生前の三島が望んでいた孤独とは性質が違う。どうにか願いを叶《かな》え、そこから解放してやりたい。しかし……。

「子どもからカメラを取り返すっていうのは……」

元は三島の物だとはいっても、それはあまりに無情だ。そもそもどうやって取り返せばいいのだろう。まさか強奪するわけにはいかない。

「翔くん、きっと明日もあの公園に来るよね。どうしようか……」

響希は顎に手を当て考え込んだ。三島自身が翔に自分の望みを伝えることが、ことを丸く収める一番の方法に思えた。翔とて本来の所有者がそれを願っているとわかればカメラを手放すだろう。

しかし、ルリオによればやはり響希たちと翔のメロディは合わないらしい。三島の霊がカメラを返してほしがっていると響希たちが主張したところで、その姿を見せることも声を聞かせることもできないのなら、翔の信用は得られず、不審がられるだけだろう。

「どうしようも何も、三島が取り返せと言ってるんだから、取り返すしかないだろう」

　先を歩くケイは、ちらりと響希を振り返りそう言った。

「えぇ……それはさすがにかわいそうでしょ」

「カメラがなくなったら、次の遊びをすぐに見つけるだろう。あのぐらいの歳の子どもなんて、そんなものだ。ヒーローごっこに夢中になっていたと思ったら、次の瞬間にはサッカーボールを追いかけ回している」

　妙に具体的な例なのは、ケイが子どもの時の実体験だからだろうか。ケイにだって当然、ヒーローごっこに興じる幼い時代はあっただろうが、それを想像するのは難しかった。

「……翔くんにとっては、そんなものじゃないと思うよ」

　響希はケイの隣に並び、熱心にカメラを構える翔の姿を思い出した。

「三島さんが亡くなってからも、ほぼ毎日公園に来て写真を撮っているみたいだもん。最初は興味本位で始めたのかもしれないけど、もう自分の趣味になっているんだよ、きっと。っていうか、どうやって取り返すつもり？　こっそり盗み出す？　無理に奪い取ったら通報されて、今度こそ確実に事案だよ？」

　そこについては考えがないらしく、ケイは黙り込んだ。ルリオが嘴を開く。

「あのじいさんもさ、そんなに大切なものなら、そもそも貸さなければよかったのにな」

「三島さんは翔くんの気を引きたかったのかもしれないね。一人が最高みたいなことを言っていたけど、本当はさみしかったのかも……」

翔のほうもそうだったのではないか。気の合う友達がいないさみしさをまぎらわせたくて、三島にくっついていた。

踏切に着くと、ルリオはじっと耳をすませてから、「駄目だ。聞こえない」と首を横に振った。

ルリオにメロディが聞こえずともここに霊はいるのだ。自分を轢いてくれる電車が来るのを待っている。

響希は肩を落とした。死してなお執着に縛られる霊は、やはり悲しいものだと思う。


翌日の十五時過ぎ。響希たちは三島とともにグラウンドのトイレの陰に隠れ、翔が来るのを待った。

やがて子どもたちが続々とグラウンドを訪れ、バッグを肩にかけた翔もすぐに姿を見せた。翔は集団を作って遊んでいる子どもたちを横目に森の中へ入っていく。

響希は翔を追って森へ入った。ケイをその場に残したのは翔に警戒されるのを防ぐためだ。

翔はカメラを組み立てていた。響希が背後から「こんにちは」と声をかけると、翔はこちらを振り返った。

「……こんにちは」

翔はわずかに身を引いた。昨日も今日も連続して声をかけられ、警戒とまではいかずとも、少し妙だと感じているのかもしれない。

「あのね、こんなことを突然言われてもびっくりすると思うんだけど……」

言いながら、響希はちらりとカメラに視線を落とした。

「そのカメラ、譲ってもらえないかな。私のおじいちゃんがね、そういう古いカメラを集めているの。だからプレゼントしてあげたくて……あの、お金はちゃんと支払うから」

金銭と引き換えにカメラを譲るよう翔を説得する。響希たちは話し合いの末、そのような結論に達した。というよりも、ことを穏便に進める方法が、それ以外に思いつかなかった。

そのための資金は自分が用意するしかないと響希は思っていたが、今日公園に来ると、ケイは「これを使え」と少なくない額の現金を響希の前に出した。

「こんなに使って大丈夫？」

食費や宿泊費はゼロでも、ネットカフェや銭湯《せんとう》を使うには金がいるし、着替えなどを買い替えることもあるだろう。しかし、ケイの立場で働いて収入を得ることはほぼ不可能だ。

「手持ちのお金がなくなったら、困るんじゃない？」

「減ってきたと思ったら、いつの間にか増えているんだ。だから金に困ったことはない。死神が何か細工でもしているんだろう」

ケイによると、色とりどりの風船もばね秤《ばかり》も常にポケットの中にあるわけではなく、取ろうと思ってポケットに手を入れると、その瞬間に現れるのだそうだ。驚異の現象だと思ったが、そもそもケイの存在自体が驚異なのだ。

子どもに現金をちらつかせるのはいやらしい気がするが、しかたがない。響希がケイから預かった金を取り出そうとすると、子どもはさっと身を引きカメラを守るように抱きしめた。

「いやだよ！　百万円もらったって、このカメラは渡さない。すごく大事な物なんだから」

「何が大事だ。お前の物じゃないくせに。四の五の言わずに、それを渡せ！」

三島の声が耳元で響き、響希はびくりとした。――ついてきていたのか。

「急に変なお願いをしてごめんなさい。でも、あの、新しいインスタントカメラを買えるぐらいのお金は……」

「いやだ！」

言った翔はくるりと踵《きびす》を返して駆け出した。

「待て、翔！　お前はそれを持っていたらいかん！」

三島が叫んだ。駆け出そうとした響希は、すんでのところで足を止める。逃げる子どもを大人が追いかけていたら、周囲に怪しまれて騒ぎになるかもしれない。

判断に迷ってトイレを見ると、陰から身を現したケイが首を横に振っていた。

「翔、カメラを返すんだ。もう蝶《ちょう》のことはいいから！」

三島は声を張り上げた。しかし小さな背中はどんどん遠ざかっていく。

「駄目だ、行くな！　――そんなものを抱えていたら、お前はずっと一人ぼっちだぞ！」

必死の叫びが悲愴《ひそう》にこだました。しかしその言葉は届かないまま宙に消え、翔はグラウンドから出ていった。

「失敗したな」

近づいてきたケイの胸ポケットからルリオが顔を出した。響希はケイの腕に触れ、力なくうなだれる三島の姿を見つめた。

「三島さん、あなたは本当は、何を望んでいるんですか」

響希の問いに三島は重い息を吐いた。

関節を痛めて以来、三島は買い物に行くのにバスを使うようになった。ある日、バスに乗った三島はこのグラウンドの横を通り過ぎた。

「その時に見たんだ。カメラを持った翔が森の中から、グラウンドで遊んでいる子どもたちの姿をじいっと見ているのを……。羨ましそうだったよ」

肩を落とした三島の姿はさみしげだった。

「あいつだって本当は、同じ年ごろの子と賑やかに遊びたかったんだ。一人がいいなんて、ただの強がりだ。翔はその年の六月に転校してきたばかりだったが、どうやらうまく同級生に溶けこめていないようだった。しょぼくれたじいさん相手だったら気負わず話せても、同級生相手だとそうもいかないらしい。あいつは一緒に遊べる友達ができないから、俺にくっついていただけなんだよ。それなのに俺は、翔に重荷を背負わせてしまった」

「重荷?」

響希が首をかしげると、三島は肩をすくめた。

「カメラを貸した時、俺は翔にシルビアシジミの話をしてしまった。とても小さな蝶だ。一見すると薄い灰色の地味な蝶だが、雄の羽の内側には光沢のある青色がひそんでいて、とても……とても美しい」

三島は視線を森に移した。

「俺が子どものころ、そこの森はもっと広くて、よくシルビアシジミを見かけたんだ。けれど大学を卒業し就職のためこちらに戻ってきた時、森の大部分は公園に変わり、シルビアシジミは一羽もいなくなっていた。そこで俺はやっと気づいたんだ。自分があの蝶を好きだったことに……」

　いつかまた、シルビアシジミが姿を見せるかもしれない。その瞬間を収めたくて、当時発売したばかりだったあのカメラを買ったのだと、三島はぽつぽつと語った。

「写真の独特な風合いが、あの蝶の控え目な美しさを写すのに合っているような気がしたんだ。シルビアシジミを探してこの公園に通ううち、俺は虫の写真を撮るのが趣味になっていた。そんな話を聞かされたもんだから、翔はどうにか蝶の写真を撮って、俺に見せようと躍起《やっき》になった」

　それでは翔が毎日のように公園に来ていたのは、ただ虫の写真を撮るためではなく、その蝶を探してのことだったのだ。

「でもあの時……遊び回る子どもたちに羨望《せんぼう》の視線を向ける翔の姿を見て、俺はあいつに自分の夢を追わせるのはもうやめようと思った。いい加減、子どもの相手をするのにうんざりしてきたところだったからな」

　最後の言葉が本心でないのはわかったが、そこに触れるのは無粋に思え、響希は黙って続きを待った。

「……俺は翔からカメラを取り返し、あいつとの関わりを断とうと決めた。そうすればそのうち、翔も同級生たちのほうへ歩み寄るだろうと思ってな。しかし公園に向かおうとバスを降りた直後、胸に鋭い痛みを感じて……このザマだ」

三島は両手を広げて自嘲《じちょう》を浮かべた。

「それじゃあ、三島さんの本当の願いは……」

カメラを取り返したかったわけではない。カメラを取り返すことで翔の意識を虫と写真の世界の外へ——他者がいる世界へと向けさせたかった。響希たちに本音を語らなかったのは、三島自身がその気持ちを認めたくなかったからかもしれない。

「俺が一人を好んだのは、他人からつまらないやつだと思われるのが怖かったからだ。翔も同じだ。でも、翔には俺みたいになってほしくない。気にかける人も気にかけてくれる人もいないような、わびしい人生を歩んでほしくないんだ。……それなのに……それなのに俺の言葉は翔に届かない……」

三島は頭を抱えた。その姿がかすみ始めたことに気づき、響希は目を見開いた。

「え、なんで……」

「メロディが乱れている。三島自身が自我を手放したがっている……自分が存在するのを拒否しているんだ」

焦った様子でルリオが言った。その間にも三島の姿は白っぽくかすれていき、名前を呼ぶ前の不明瞭《ふめいりょう》な姿に戻ってしまった。——いや、むしろあの時よりも姿はひどくぼやけている。

「三島さん、しっかりしてください！」

三島は反応を示さない。無駄だ、とルリオが首を振った。

「こうなったらもう他人が名前を呼んだところで、存在を安定させることはできない。三島自身が自分を取り戻さないと、一気に劣化が進んでいくぞ」

ケイが三島に近づいた。思わず引き止めようとすると、ケイは「もうどうしようもないだろう」とつぶやいた。

その声の揺らぎに、響希はあぁ、そうか、と思う。霊の苦悩をずっと見続けてきたケイには……霊と同じように世界から隔絶されたところにいるケイには、彼らの苦しみが響希よりもずっと真に迫って感じられるのだ。だから、一刻も早く三島を楽にしてやりたいと思っている。

三島に時間は残されておらず、こちらには重石を取る以外の手立てがない。確かにもうどうしようもない……。

唇を噛み、ケイの腕を離すと、三島の姿は跡形もなく消えた。ケイは、もはや自分だけにしか見えない孤独な存在に手を伸ばした。

「カケル……」

右耳に三島の声が届いた。今際《いまわ》でさえ自分以外を案じるその声が、響希を再び動かした。

「待って！」

再びケイの手をつかむと、目の前にぼやけた三島の姿が現れた。

「諦めないでください。今三島さんがいなくなってしまったら、翔くんはずっと一人ぼっちのままです」

未練が消えても、それでは本当の意味で三島が救われたことにはならない。

「三島さんの本当の願いを翔くんに伝えましょう。私が伝えますから！」

三島は顔を上げた。その姿がぐらりと揺れる。

「……カケル……翔！」

靄が薄れ、三島の姿が戻り始めていく。息を呑《の》んだケイは、迷う素振りを見せた末にゆっくりと手を下ろした。

翔に三島の願いを伝えたところで、信じてもらえなかったら意味がない。三島にだってそれはわかっているだろう。

わかっていながら戻ってくるのだ。自分ではなく、翔のために。

※※※

三日ぶりに公園を訪れた翔は、出入り口からグラウンドの様子をうかがった。土曜日の朝、しかも激しい雨が降った直後である。水浸しのグラウンドに人の姿はなく、あのカメラをほしいと言った女の人も見当たらなかった。

あの人がぼくを待ち伏せして、またカメラがほしいと言ってくるかもしれない。

そんな不安が翔の足を公園から遠ざけていたが、ずっと避け続けてはいられない。自分には三島が子どものころに遊んだあの森で、シルビアシジミを撮影するという使命があるのだから。

「三島さん、ぼくにカメラを貸して。ぼくがその蝶を写真に撮ってみせるから」

シルビアシジミの話を聞かされた時にそう言ったのは、三島を見返したかったからだ。三島はいつも翔のことを、甘ったれだとか生意気だとか言って、馬鹿にしていた。三島が成し遂げられなかったことを、自分が果たす。そうすれば三島は翔を見直すはずだ。きっと「よくやった」とほめてくれる。

「もうあの森にはいないんだ。俺が五十年近く探しても見つからなかったんだから」

三島はそう言ったが、それでも探すと言い張った。そしたら三島は笑って「やってみろ」と大切なカメラを貸してくれた。

翔は一人で森に入り、虫の写真を撮りながら蝶を探すようになった。そしてその後は三島のアパートへ足を運んで撮った写真を見せる。けれど、三島が翔の写真をほめることはなかった。

「なっとらん！　こんな写真を撮ったら、虫もカメラもかわいそうだろう」

写真を見せるたび、三島はそんなふうに怒った。怒りながら、ピントの合わせ方や構図の取り方を細かく教えてくれた。

たとえ不機嫌な態度を見せられても、相手が三島ならばなぜか萎縮《いしゅく》せずにいられた。同級生相手だと、そうはいかない。

前の学校で翔はクラスメイトたちから無視されていた。人気者のクラスメイトがギャグを披露した時、笑わなかったことが原因だった。流行《はや》りのお笑い芸人のギャグを真似したらしかったのだが、そのギャグを知らなかった翔は「何が面白いの？」と大真面目に聞いてしまった。

「お前、つまんないやつだな」

と、ギャグをしたクラスメイトは不機嫌そうに言った。

「お前、つまんないから、もう俺に話しかけてくるなよ」

それからクラスメイトの全員が翔を避けるようになった。だから父の仕事の都合で急に決まった転校は、翔にとって不幸なことではなかった。けれど、新しい学校での生活が幸せというわけでもない。

新しいクラスメイトたちに自分がつまらないやつだとばれるのが、怖かった。だから自分から話しかけられないし、相手から話しかけられても、ろくな返事ができない。クラスメイトたちは次第に転校生に興味を示さなくなり、翔は学校も放課後も一人で過ごした。クラス
三島はクラスメイトじゃない。親戚でもないし、近所の人でもない。会おうとしなけれ

ば、顔を合わせないでいられる人だ。だからつまらないやつだと思われても、嫌われてもべつにいい。そう思ったら、楽に話せた。

十一月の中頃、翔は鎌をもたげてカメラを威嚇《いかく》する茶色のオオカマキリを撮った。肉食昆虫の獰猛《どうもう》さをうまく写し取れたと思った。

この写真なら三島も感心してくれるに違いない。わくわくしながらアパートへ行くと、三島は留守だった。

その日から三島の不在は続いた。そして六日目、今日もいないかもしれないと思いながらチャイムを鳴らすと、黒い服を着た見知らぬ中年の女が出てきた。三島の遠い親戚だというその女は、三島が死んだことを翔に教えた。

「さっきお葬式が終わったところで、私はそのままアパートを引き払うための片付けをしに来たの。それであなたは、どこの子かな?」

せっかく良い写真が撮れたのに。シルビアシジミの写真、まだ見せられていないのに。

翔は女の質問に答えず、その場から逃げ出した。――三島さんはもうぼくが来るのを待っていない。ぼくが撮った写真を待っていないんだ……。

それでも森に通うのをやめなかった。やめたら三島とのつながりが消えてしまう気がして、むしろもっと強い気持ちで蝶を探し求めるようになった。

シルビアシジミが活動しないと言われる冬の間も探し続けたが、当然のようにその姿は見つからなかった。そして初夏になった今も、蝶は姿を見せていない。

翔は森に入り、防犯ブザーを握りしめた。いつもはランドセルのベルトにつけているものを、今日はカメラを入れるバッグにつけてきた。変なやつらがまたカメラを狙ってきたら、これを鳴らしてやるんだ。

バッグからカメラを取り出し組み立てる。きょろきょろと辺りを見回すと、カメムシを見つけた。カメラを構えてシャッターを押す。出てきた写真を手に取った時、ふと視界の端で薄青いものがちらついた。

四メートルほど先、自分の目線とほぼ同じ高さのところを、小さな蝶が飛んでいた。ぼんやりした灰色の羽を動かすたび、ちらちらと内側の青色が見え隠れする。

「あ……」

引き寄せられるように足を踏み出す。しかし距離を縮める間もなく、蝶は森の奥へと入っていった。手から落ちた写真に構わず、翔は蝶を追いかけた。

貯水池に出た蝶は、池を囲うフェンスをひらひらと飛び越えた。翔はフェンスに張りつき目で蝶を追った。斜面に止まった蝶は羽を休めている。

カメラをバッグに入れ直してフェンスをよじ登る。悪いことだとはわかっていたけれど、このまま見過ごすことはできなかった。早朝まで降っていた雨のせいか、池は普段よりも多くの水を湛《たた》えていた。

斜面に下り、そろそろと蝶に近づく。蝶は濡《ぬ》れそぼった草の上で、ゆっくりと羽を開閉していた。

大きさ、羽の色や形、斑点《はんてん》模様の具合。似ている他の種と誤らぬよう、図鑑やネットの写真で何度も確認した、そのままの姿。――間違いない。シルビアシジミの雄だ。

どくどくと心臓が鳴った。音を立てぬようバッグを地面に下ろし、カメラを取り出す。ファインダーをのぞき、ピントを蝶に合わせる。そして蝶の羽が開こうとしたその瞬間、息を止めてシャッターを押した。

蝶は斜面から飛び立った。シャッターを押したのと蝶が飛び立ったのと、どちらが早かったのかわからない。

翔は出てきた写真を手に取った。まだ画像が浮かばぬそこに蝶の姿をきちんと収められたか自信がなかった。

蝶は池の上を飛んでいた。翔は写真を斜面に置き、再びカメラを構えた。その時、強い風が吹いて翔の足元から写真を吹き飛ばした。

「あっ！」

写真を取らねばと焦って踏み出した足が、石につまずいた。バランスを崩して前へ倒れた翔は、そのまま斜面を転がり落ちる。

水面が目の前に迫った。

※※※

土曜日の早朝。公園を訪れた響希は、自転車を押すケイの後ろ姿を見つけた。おはようと声をかけると、ケイがこちらを振り返り、ルリオが胸ポケットから顔を出した。

「おはよー、響希」

「翔くん、今日は来てくれるといいんだけど……」

この二日、放課後の時間帯になっても翔が公園に姿を現すことはなかった。おそらく響希を警戒してのことだろうが、この公園で蝶を撮るという明確な目標がある限り、翔はいつか再びやってくる。そう考えた響希たちは、この週末は朝からグラウンドを張ることにした。

翔に三島の想いを伝える。場合によっては三島の霊がいることを明かすかもしれない。信じてもらうことは難しいだろうが、それでもそうすると決めた。

グラウンドを目指して歩道を歩いていると、ルリオが突然、はっとした様子で首を伸ばした。

「おい、三島のメロディが変だぞ」

「変？」

「乱れている。不安に焦りに……恐怖？　おい、三島に何か異変が起こっているぞ」

途端に走り出したケイに、響希は慌ててついていく。すぐにグラウンドに着いたが、ケイに触れても三島の姿はどこにも見えなかった。

「三島さんはどこ？」

「森の中からメロディが聞こえる。かなり混乱しているぞ」

自転車を置いたケイは森の中へ入ると、辺りを見回した。

「姿がない。ルリオ、メロディはどこから聞こえる？」

「こっち！」

響希はケイの手を引き、森の奥へ向かって駆け出した。

「今、こっちから三島さんの声が聞こえた。助けを呼んでいる！」

奥へ進むにつれ、「誰か来てくれ」と叫ぶ三島の声はどんどん大きくなっていった。やがて視界が開けて正面に貯水池が現れた。

「誰か！　誰か助けてくれ！」

三島の声は貯水池を囲むフェンスの向こうから聞こえた。急いで駆け寄ると、斜面の下で池に向かって手を伸ばす三島の背中と、池の中でもがく翔の姿が見えた。

「翔くん！」

響希とケイは手を離してフェンスをよじ登った。

翔はパニックになっていた。必死に手足を動かすが、そのせいで余計に体がバランスを失っていることがわかっていない。

響希よりも早くフェンスを越えたケイは、斜面を滑るように下った。頭から落ちたキャップに構わず池に飛び入り、もがく翔の体を抱え上げる。遅れてフェンスから飛び降りた響希は水辺に駆け寄った。

「引き上げろ」

ケイは翔の体を斜面に押し上げた。響希は翔の服をつかんで、ぐいと引っ張り上げる。

溺《おぼ》れていたというのに、翔は片手にカメラを抱えたままだった。あるいはカメラを手放そうとしなかったから溺れたのかもしれない。

「翔くん、大丈夫？」

響希は肩で息をする翔の体を支えた。言葉も出せない様子の翔は、それでも震える指をシャッターボタンに伸ばした。

しかし、押してもシャッター音は鳴らなかった。フラッシュも焚《た》かれず、写真も出てこない。

「……そんな……どうしよう……」

翔ははっとしたように池を振り返ると、壊れたカメラを抱えて膝擦りで水際に近寄った。

「また溺れるつもりか」

池から上がったケイがそう言うと、翔は「あの写真を取らないと……」と水面を指差した。五メートルほど先で写真がぷかぷかと浮いている。

ケイは濡れた髪をうっとうしげにかき上げ、再び池に入った。ざぶさぶと水をかき分け写真を手に取ると、またざぶざぶと引き返してきて翔に写真を渡した。

響希は翔の背後から写真をのぞいた。そこには草が生えた地面しか写っていない。

「……撮れなかった……せっかく蝶を見つけたのに……」

翔の目から涙がこぼれた。

翔は探し求めていた蝶を見つけたのだ。その写真を撮りたい一心で行動し、池で溺れる結果になってしまったのだろう。

「この、大馬鹿者！」

突然響いた声に響希はびくりと震えた。池から上がったケイのびしょ濡れの体に触れると、翔に向かってこぶしを振り上げる三島の姿が現れ、思わず身をすくませる。

「カメラなんかより、よっぽど大事なものを失うところだったんだぞ！　この馬鹿者が！」

三島は翔の頭をめがけてこぶしを振り下ろした。馬鹿者、大馬鹿者と叱りながら、何度も何度も……。

しかし、その叱責《しっせき》もこぶしも翔に届くことはない。翔はぽろぽろと涙をこぼしながら肩を震わせた。

「どうしよう……三島さんの大切なカメラ、壊しちゃった……。もう蝶も撮れない……」

「カメラも蝶もどうだっていいんだ。そんなものを抱えて一人きりでいるのは、もうやめてくれ！」

三島は膝をつき懇願した。カメラを抱きしめる翔は「どうしよう」と繰り返す。

響希はケイから手を離し、翔の横に――三島がいるであろう場所に膝をついた。ぎゅっと握ったこぶしを、翔の頭めがけて振り下ろす。

ゴッと鈍い音が響いた。翔は目を丸くして響希を見た。痛みより驚きが勝っているようだ。

「今のは、三島さんの気持ちだよ。三島さんはね、カメラよりも蝶の写真を撮ることよりも、あなたのことが大切なんだよ。だってあなたは、三島さんの友達なんだから」

さみしさを埋めるために翔と関わっていたんじゃない。一緒にいるのが楽しいから、友達だから、そばにいたのだ。

そうだ、と三島の同意する声が聞こえた。

「俺はお前が虫の話を熱心に聞いてくれることが、写真に興味を示してくれることが……俺のそばにいてくれることが、うれしかった。森でお前と虫を探すのは楽しかったし、お前がアパートに来て写真を見せてくれることをいつも心待ちにしていた……」

「三島さんは孤独な人だったけど、翔くんに会って変わったんだよ」

響希はこぶしを解いて小さな背中にそっと触れた。三島の代わりにその真実の願いを伝える。

「三島さんは、あなたという友達ができてとても幸せだった。だから、あなたにそんな幸せを失ってほしくないと思っている。あなたに一人ぼっちでいてほしくないんだよ」

「友達？」

「そうだよ。三島さんも翔くんも、もしかしたら最初は退屈やさみしさをまぎらわせるためだけに一緒にいたのかもしれない。でも、それは変わったんでしょ？　あなたたちは一緒にいたいから、一緒にいた。友達だから、一緒にいた」

友達、と噛みしめるように言った翔は、カメラをますます強く抱きしめた。

「……でも、無理だよ。ぼくと友達になってくれるのなんて、三島さんぐらいしかいないよ……」

「そんなことはない！　翔、お前が勇気を出して踏み出せば、同級生も絶対にお前の良さに気づいてくれる。お前はいいやつだ！」

そう言った三島の言葉を、響希はそのまま一言一句違《たが》えず、翔に伝えた。

「え？」

翔は怪訝な顔をした。その時、ケイがおい、と声を上げた。

振り返ると、ケイは池を指差していた。そこには小さな灰色の蝶がいた。蝶はこちらに向かってひらひらと飛んでくる。

「シルビアシジミ……」

つぶやいた翔はカメラを地面に下ろし、蝶へ手を伸ばした。

蝶は迷うことなくその指先に止まり、ゆっくりと親指の爪ほどの羽を広げた。地味な灰色の反対から、幻想的な青色がのぞく。

「……三島さん？」

蝶を見つめた翔はそう口にした。

翔には三島の姿が見えず、声も聞こえない。しかし今、翔は蝶を通して三島を感じている。そんな気がした。

ケイが響希の肩に手を置いた。

三島が翔に寄り添い、翔の手に自分の手を重ねて蝶に触れている姿が、響希の眼前に現れた。

※※※

バッグを抱えた翔はグラウンドのベンチに座った。早朝に来た時には人の姿はなかったが、八時を過ぎた今、ランニングや体操をしている人がちらほらといる。

家に帰ると、母はびしょ濡れになった翔を見て目を丸くした。何があったのか聞く母には転んだのだと伝えた。虫を探していたら水溜まりで転んで、泥《どろ》だらけになったから公園の水道で汚れを落としてきたのだと。

母はかなり訝《いぶか》しがったが、「だってお母さん、いつも玄関を土で汚すなって怒るから」と言うと、一応納得したようだった。

着替えた翔がまた公園に行くと言うと、母はあきれた顔をして「たまには虫以外とも遊んだら？」と言った。母は翔と三島の関係を知らない。見知らぬおじいさんと関わるのはやめなさいと言われるのが不安で、公園でいつも一緒にいることは伝えていなかったし、借りたカメラやフィルムを自宅に持ち帰った際には、ゴミ置き場から拾った物だと嘘《うそ》をついて誤魔化した。

あの人たち、一体誰だったんだろう……。下校中に会った変な男の人と、カメラをほしがった変な女の人。

思えば、何もかもが変な人たちだった。二人ともカメラのことを妙に気にしていたし、池で会った時は、翔のことも三島のことも知っているような口ぶりだった。何より変なのは、池で女の人からげんこつをされた後、なぜだか三島のことを思い出したことだ。――あの人と三島さんに、似たところなんて一つもなかったのに。

蝶が指先から飛び立つと、女は翔に一人で帰れるかと聞いてきた。翔がうなずくと、二人はそそくさと立ち去っていった。

助けてくれたのだから、きっと悪い人ではなかったのだろう。げんこつは、すごく痛かったけれど……。

自分の頭をなでた翔は、グラウンドに入ってくるクラスメイトの姿に気づいた。佐野悠斗《さのゆうと》だ。

悠斗は放課後になると、いつもここで他の二人のクラスメイトと野球をしている。バットを持っているから、今日も遊ぶ約束をしているのだろう。

悠斗がちらりとこちらを見た。カメラを取り出し気づかないふりをしていると、悠斗は隣のベンチに座った。

翔は壊れたカメラを見つめ、女に言われた言葉を思い返した。

『三島さんは、あなたという友達ができてとても幸せだった。だから、あなたにそんな幸せを失ってほしくないと思ってる。あなたに一人ぼっちでいてほしくないんだよ』

まるで三島から直接そう聞いたかのような口ぶりだった。あの人は三島の知り合いで、生前の三島からそんなことを伝えられていたのだろうか。

一人ぼっちでいてほしくないなんて、三島らしくない言葉だ。それに三島に若い女の知り合いがいるとも思えない。――けれど、どうしてだかあの言葉が嘘だとは感じなかった。

翔はちらりと悠斗を見た。その瞬間、悠斗もこちらに顔を向け、ばちりと目が合ってし

まう。翔はとっさに背けかけた顔をぐっと留めて、

「お……おはよう」

声を絞り出すと、悠斗は「おはよう」と答えた。

「な、何してるの？」

「べつに何も……友達待ってるだけ」

「そうだよね……」

つまらない質問をしてしまった。翔は顔を伏せ、話しかけたことを後悔する。

「それ、カメラだよな」

悠斗は立ち上がり、こちらに近づいてきた。

「葉山《はやま》って、いつも森で写真撮ってるよな。なぁ、俺のことも撮ってよ」

翔の前に立った悠斗はバットを構えてポーズを取った。

「も、もう壊れちゃったから写真は撮れないんだ」

慌ててそう説明すると、悠斗は構えを解いてバットを下ろした。

「なんだよ、つまんねーの」

放たれた言葉に身を強ばらせたその時、出入り口からいつも悠斗と遊んでいる蒼太《そうた》と大我《たいが》がやってきた。悠斗は「おせーぞ」とうれしげに駆け出した。

翔は楽しそうに話し始めた三人から目を逸らし、カメラを抱きしめた。

「おい、葉山！」

顔を上げると、悠斗が手招きをしていた。カメラとバッグを持っておずおずと歩み寄ると、悠斗は蒼太を指差した。

「こいつのじいちゃん、昔、電器屋さんだったんだ。だからもしかしたらさ、そういう古いカメラを修理できるかもしれない。今からこいつんち行って、頼んでみよーぜ」

三人は出入り口に向かって歩き始めた。翔は慌ててその後をついていく。

「でさ、直ったら俺のこと一番に撮ってよ」

悠斗が言うと、蒼太が「俺も俺も」と手を上げた。

「そういえば葉山って、いつも森で何を撮ってるの？　木？」

「虫、なんだ。クモでもミミズでも虫を見つけたらなんでも。あの、これ……」

翔がバッグからアルバムを出すと、蒼太が奪うようにそれを手に取った。ページをパラパラとめくり、うおー、と声を上げる。

「すげーじゃん。なんかトレカみたい」

「じゃあさ、もしカメラがすぐに直ったら、今日は森で虫探しをしようぜ。一番カッコいい虫を見つけたやつが勝ち。で、勝ったやつが葉山に写真を撮ってもらえる」

大我の提案に、「えー、野球は？」と悠斗が不服そうな声を上げた。

「野球はその後にやればいいだろ。今日は四人だから、塁も置けるぜ」

「あ、そうだ！　やった！」

悠斗は翔に笑顔を向けた。

「楽しみだな」

——なんだ、こんなに簡単なことだったんだ……。

恐れ、避けていたものは、自分が作り上げた妄想に過ぎなかった。自分で壁を作っていたせいで、そばにあった現実が、こんなにも優しいものだったことに気づけなかった。

翔は足を止め、カメラを胸に寄せた。三島に会いたかった。三島に会って話をして、この感情を分かち合いたかった。

「葉山、早く来いよ」

悠斗たちが出入り口から翔を呼んだ。

誰かに背を押されたような気がして、翔は三人のもとへ走り出した。

※※※

翔は友達と連れ立ってグラウンドから出ていった。響希はケイの手を引き、トイレの陰から出た。

「三島さん」

近づきながら声をかけると、こちらを振り返った三島は大きなため息をついてみせた。

「やれやれ、やっと厄介《やっかい》な子どもから解放される」

そんな強がりを言った三島の目から、涙がひと粒《つぶ》こぼれた。まっすぐに落ちたその水滴は、虹《にじ》色に光る小さな珠に変化して、地面にころりと転がった。

三島の体が白く光り始めた。老人が丸く小さな魂へと姿を変えると、ケイは片手に持っていた群青色の風船を差し出した。魂は風船に飛び入り、ぼんぼりのように淡く響希たちの顔を照らす。

ケイが金糸から手を放した。風船がふわりと浮かび上がると、その旅路を見守るかのように雲間から太陽が顔をのぞかせた。

ケイの肩の上でルリオが胸を張る。嘴からこぼれる旅立ちの調べが、グラウンドに優しく響いた。


こくりと虹色の重石を飲み込んだルリオは、響希の指の上で足をもぞもぞと動かした。

「……行くぞ」

えいやっ、という掛け声とともに、ルリオはケイが持つばね秤のフックに飛び移った。

フックの揺れが収まると、響希はケイの腕に触れたまま、じっと目盛りを見た。指標は、二を越えたところで止まっていた。

「目盛り、二を越えているよ」

そう伝えると、ルリオは「おぉ」とうれしげに両羽を広げた。その勢いで再びフックが揺れ、指標が不安定に上下した。

「やったぜ！　このままの調子でいけば、まじで査定をクリアできるじゃん！」

けれど、やはりケイはそれを望んではいないのだろう。

響希はちらりとケイの表情をうかがった。伏し目がちに唇を結んだ横顔に一瞬、妙な色が浮かんだように思える。動揺、あるいは怯《おび》えのようなもの……。

ケイは解放を恐れているのだろうか。——でも、それはどうして？

尋ねたところで答えてもらえないのはわかっていた。だから代わりに響希は、

「……三島さんは、勇敢な人だったね」

大切な人を救いたい一心で、苦しみの中に戻ってきた。楽な道に逃げなかった。三島に諦めるなと言った自分が、なすべきことから目を逸らし続けているわけにはいかない。

「……私はケイたちと出会うずっと前に、霊の声らしきものを聞いたことがある」

三年前に、ある場所で。

そう告げると、ケイは少し驚いたような顔をした。響希は深く息を吐き、かすかに震える手を握りしめる。

「その場所に、私と一緒に来てほしい」

「止めて」

背後から声をかけると、ケイは自転車を止めた。荷台から降りた響希は、横断歩道の向こうに建ついぶき医療大学付属病院を見た。

響希はおよそ一年をあそこの小児科病棟で過ごし、その後も半年以上、通院による治療を続けた。今でも半年に一回は検診に訪れている。

「病院か。確かに病院ってのは、霊が留まりがちな場所だ」

ケイのポケットから顔を出したルリオの言葉に、響希は「違うの」と首を横に振った。

「声は病院で聞いたんじゃない」

目の前の道路をバスが通り過ぎた。その直後、歩道側の信号が青に変わり、響希は横断歩道を渡った。ケイは自転車を押しながら後をついてくる。

「声を聞いたのは、あの場所」

横断歩道を渡り終え、十メートルほど先にある歩道橋を指差す。

「あの歩道橋の階段の下で、霊の声のようなものを聞いたの」

響希は歩道橋に近づいた。ルリオは耳をすませながら「うーん」とつぶやく。

「今のところ、メロディは聞こえないいな」

「……そう」

響希は歩道橋の手すりに触れた。

「正直、確かに声を聞いたっていう自信はないの。聞こえたような気がしただけで、ただの空耳だったのかもしれない……」

「その声はなんて言っていたんだ？」

ルリオに尋ねられ、響希は手すりをぎゅっと握りしめた。

「『イキタイ』と、波音は言っていた……」

三年前、波音はこの階段を上った。迫る死から逃れようとして、生きたいと一心に願いながら……。

「……知り合いなのか」

ケイの口調には、壊れものに触れるような慎重さがあった。

響希は目を伏せ、これまで他人には話したことのない過去を語る。

「……中学二年の時の十二月、私は白血病の治療のためにあの病院に入院したの」

旅立ちと風船

『新しいクラスのみんなが、響希《ひびき》のことを待っているよ』

友人からのメールはそう締めくくられていた。響希は返信のメールを打たずに携帯電話をサイドテーブルに置く。

四月になり、クラス替えが行われ、同級生たちは三年生に進級した。響希とて書類上は三年生になっているのだが、その実感は少しもわいていなかった。

新しいクラスのみんな。母が担任教師から預かったクラス名簿によれば、約半数は話したこともない生徒である。彼らが本当に響希を待ってくれているのかは疑問だ。

がんばってね、お大事に、早く良くなるといいね。そう言われると、百パーセントの善意からのものだとわかっていても、気持ちがささくれ立ってしまう。友人から送られて来るメールからは、部活動の引退や受験を意識し始め、中学校最後の一年を謳歌《おうか》しようとしている様子がひしひしと伝わってきた。

自分だけが取り残されている。そんな気がしてしまい、親しい友人とですら関わりを持つのがつらくなってきた。だから小児科病棟が感染症の防止のために家族以外の見舞いを原則禁止しているのはありがたかった。彼女たちの見舞いを断る口実になったから。

会ったところで、聞いてほしい話なんて一つもなかった。毎日注射をぶすぶすと刺されるから腕の内側が紫に変色してしまった、ひどい下痢《げり》に襲われて感染症の検査のために便を採取された、咳《せき》が止まらなくて肋骨《ろっこつ》が折れそうになった、病棟で経験したのはそんなことばかりだ。こけた顔で話して笑ってもらえる内容じゃないし、かと言って友人からなんの陰《かげ》りもない日常の話を聞かされるのもきっと苦しい。

　ベッドに横たわろうとしたその時、担当看護師の坂井《さかい》が病室に入ってきた。坂井は響希の隣のベッドにいる患児《かんじ》の検温を済ませると、気の毒そうな表情を浮かべてこちらに近づいた。

「外泊許可、下りなくて残念だね」

　昨日の血液検査の数値が良ければ、外泊許可が下りて自宅に一時戻れるはずだった。しかし数値は響希や周囲の期待を下回り、それは叶《かな》わなかった。

「……しかたないよ」

　肩を落とし、体温計を受け取る。入院して四カ月以上が経《た》つが、まだ一度も家に帰れていない。

「私ね、最近とっても面白い漫画を買ったんだ。今度持ってくるから、読んでよ」

　ふさぎ込んだ響希を励ますためだろう。坂井は声を明るくした。

「……うん、ありがとう」

　笑顔を返そうとしたけれど、できなかった。検温が終わり、体温計を返す。響希の体温を確認した坂井は「そうだ」と思い出したように顔を上げた。

「今日、隣の病室に新しい子が入ったんだよ。男の子」

響希がいる病室は小児がん患児専用のエリアにある。その隣ということはその男の子も小児がんを患《わずら》っているということだ。

「響希ちゃんと同じ中学三年生だから、話も合うんじゃないかな。仲良くなれるといいね」

今風のかっこいい子だったよ——と、坂井は声をひそめてそう付け足すと、次の患児の検温に向かった。

今まで小児がん患児専用のエリアに入院している中学生は響希一人で、他はみんな年下の子だ。他のエリアには中学生もいるらしいが、交流が生まれるはずがなかった。抗がん剤の副作用で免疫力《めんえきりょく》が著《いちじる》しく落ちている響希たちがん患児が、違うエリアに入るのは禁じられていたからだ。仲良くおしゃべりして感染症にかかりでもしたら、命に関わる。

響希はベッドに寝そべった。ニット帽の下に手を入れて頭をマッサージする。血行が良くなれば、ほんの少しでも早く新しい毛が生えてくるかもしれない。

髪どころか、眉毛もまつ毛も抜けてしまった。エリア内では珍しい姿ではないが、それでも気にしないという心境にはとてもなれなかった。

同年代の男の子。しかも、かっこいいらしい。こんな姿を見せたくない一番の相手だ。

同室の患児たちの検温を終えた坂井は病室から出ていった。しばらくするとマスクをつけた見舞い客が四人、病室に入ってきた。同室のゆうな——七歳で、響希と同時期に入院した——の両親と、祖父母らしき男女だった。

「おばあちゃん、おじいちゃん！」

ゆうながベッドから喜びの声を上げると、母親が慌てたように「大きな声を出しちゃ駄目」とたしなめた。

ゆうなの祖父母は、隣のベッドにいた響希に向かって頭を下げた。

「大人数で押しかけてごめんなさいね。静かにしますから」

「気にしないでください。今、ラウンジに行こうとしていたところなんです」

これまでゆうなの両親の姿は何度も見かけたが、祖父母に会ったのは初めてだった。きっとまめに見舞いに来られる距離に住んでいないのだろう。

遠慮なく会話を楽しませてやりたかったし、気兼ねされるのはこちらも気まずいという思いもあった。響希は漫画本を持って病室を出た。

エリア内にあるラウンジにいたのは一組の患児と家族だけだった。壁際の席に座り、漫画をテーブルに置く。

入院してくるのが、同い年の女の子だったらよかったのに。そうならば同じ悩みを共有して励まし合うことができたし、良い友達になれたはずだ。

肩を落としたその時、ふいに横から伸びた手が漫画を取り上げた。驚き顔を上げた響希は、パラパラとページをめくる短髪の少年の姿を見上げた。

同い年くらいの男の子――。坂井が言っていた、隣の病室に新しく入院した患児だ。

スウェット姿だったが野暮《やぼ》ったい感じは少しも受けなかった。マスクをしているから顔の下半分は見えないが、目と鼻筋ははっきりとしていて、スポーツをやっていそうな引き締まった体つきをしている。

確かに「今風のかっこいい子」だ。途端に自分が羽織るカーディガンについた毛玉に意識が及び、頬《ほお》が熱くなる。

「それ、貸そうか?」

響希はニット帽を下げながら、もごもごと申し出た。

「私はもう読み終わったやつだから、持っていっていいよ」

そう言えば漫画を持って立ち去ってくれると思った。しかし少年は響希の頭に視線を移して、

「そういうニット帽ってさ、ハゲていると頭がちくちくするだろ?」

と、聞いてきた。遠慮のない言葉が胸に刺すような痛みを与えた。

「……うん。まぁ……するけど……」

きっと今、この子は帽子を取った私の姿を想像している。居《い》た堪《たま》れず顔を伏せた響希に構わず、少年は問いを重ねた。

「黒とグレーと青と水色、どれが好き?」

「え?　えっと、水色……かな……」

会話を早く終わらせたい一心でそう答えると、少年は「じゃあ、これ借りていくわ」と漫画をかかげ、ラウンジから去っていった。

響希は息を吐きうなだれた。最悪の気分だった。

狭いエリアだ。あの少年とはこの先何度も顔を合わせるだろう。院内学級の授業だって一緒に受けるかもしれない。遠からず少年だって響希と同じような姿になるのはわかっているが、そんなことが慰《なぐさ》めになるはずはなかった。

動く気力もなくそのままの体勢でいると、再び少年がラウンジに姿を見せ、響希のもとへ向かってきた。最悪だったはずの気分が、さらに落ち込む。

「ほら」

と、少年は響希の前に透明な袋を差し出した。中に入っているのは水色のニット帽だ。頭頂部の丸いポンポンには目玉と舌がついていて、顔のようになっている。

意図がわからず固まっていると、少年はテーブルの上に帽子を置き、響希の向かいに座った。

「前の入院中にいろいろ買って試した結果、その帽子が一番ちくちくしなかったんだ。デザインはあれだけど、実用重視ってことでそこは見逃せよ」

「……入院、初めてじゃないの？」

「うん、二度目」

少年は自分の左足をポンと叩いた。

「二年前に左足の骨に腫瘍《しゆよう》ができて入院したんだ。半年ぐらいで退院できたんだけど、この間、腫瘍が肺に転移しているのが見つかってさ。また入院生活に逆戻りだよ」

少年は少しの悲愴《ひそう》感も漂わせずそう語った。

響希は袋を手に取り帽子を眺めた。ポンポンについた目玉がカタカタと揺れる。

「デザインしたやつのセンス、やばいよな。でもさ、かぶっていると案外、そのふざけた顔にも愛着がわくんだよ」

少年はそう言いながら、マスクを顎《あご》の下までずらした。

「俺、広崎《ひろさき》波音《なおと》。そっちは？」

露《あらわ》になった顔で波音はにっと笑った。陰りも怯《おび》えもない笑顔につられるように、響希は自分もマスクを顎の下までずらした。

「……響希……志田《しだ》響希」

それが響希と波音の出会いだった。

両親とも骨髄《こつずい》バンクのドナーとも白血球型が一致しなかった響希は、骨髄移植ではなく臍帯血移植《さいたいけつ》を受けることになった。臍帯血から採取した造血幹細胞《ぞうけつかんさいぼう》ならば、型に多少の違いがあっても移植が可能だからだ。

八月。大部屋から無菌室へ移った響希は前処置――放射線照射と抗がん剤の投与による体に残った病気を極力減らすこと――を受けたのち、移植を施《ほどこ》された。

顔も名前も知らない母親と赤ちゃんをつないだへその緒に含まれた臍帯血。そこから採取された無垢《むく》な細胞が、点滴によって響希の体に巡らされた。

移植後の経過は良好だった。ひと月あまりで細胞の生着《せいちゃく》が認められると、響希は無菌室を出て元の大部屋に戻った。


「……私、来月になったら退院できるかもしれない」

ラウンジで波音にそう伝えたのは、十一月の初めのころだった。来週とその次の週で試験的に外泊をして様子を見る。そこで問題がなかったら、十二月の初旬には退院できると医師から伝えられていた。

「へぇ、よかったじゃん」

波音は平坦な調子で言った。響希が無菌室に入っている間に、波音は外科手術で肺の病巣を取り除き、その後は残ったがん細胞を死滅させるための化学療法を受けていた。波音の入院はまだ続く見込みだ。

「でも退院してもしばらくの間、週に一度は外来に来ることになっているの。その時……こっちにお見舞いに来てもいいかな？」

波音の顔を見続けていることができず、響希はうつむいた。日に日に体調が良くなっていく自分と違い、まだ苦しみの最中にいる波音にそう伝えるのは勇気がいった。

「友達のお見舞いは禁止されているけど、私なら先生や看護師さんも許してくれると思うんだ。波音だって、無菌室に来ることを許してもらったでしょ？」

無菌室のあるクリーンエリアも、当然ながら家族以外の見舞いを禁止していた。しかし移植に向けた前処置が始まる直前、波音はクリーンエリア内の面会廊下にやってきた。看護師を通して頼み、特別に響希を見舞う許可を得たのだ。移植を控えた響希と、外科手術を控えた波音。面会が互いの精神に良い影響を与えると病院側は考えたのだろう。

その見込みは、少なくとも響希に対しては当たっていた。大量の抗がん剤による副作用に放射線照射の影響は、体にも心にも重くのしかかった。けれどガラス越しの励ましの声が、波音が会いに来てくれたという事実が、響希を支えてくれた。

波音にとってはどうだったのだろう？　手術前の麻酔を受けた時、私を思い出してくれたのだろうか？

思い出してほしかった。ほんの少しでも、自分が波音を支える役に立っていると思いたかった。

「私も坂井さんに頼んでみようと思っているんだけど……駄目かな？」

向かいから大きなため息が聞こえ、響希は体を強ばらせた。

「……差し入れ、ちゃんと持ってこいよな」

波音は響希の顔をのぞき込み、陰りのない笑顔を浮かべた。

血の気を失っていようと頰がこけていようと、波音はいつだって自然に笑った。体はボロボロのはずなのに、耐えている素振りを少しも見せない。それが波音の意地で、たぶん周囲に対する気遣いでもあるのだと思う。

響希は波音のそんな強さと優しさが好きだった。

自分と波音の感情にずれがあるのはわかっている。けれど、波音が居心地がいいと思える距離と関係で、彼のそばにいられれば満足だった。波音が退院しても、友達のままでいられればそれでよかったのだ。

「まかせて。食べていいものと駄目なものは、しっかりわかっているから」

響希は笑い返した。その時はなんの疑いもなく、自分にも波音にも未来があると信じていた。

翌年の二月。外来で検診を終えた響希は、母とともに小児科病棟に立ち寄った。

退院する直前、今後波音の面会に来ていいかと看護師長に尋ねると、意外なほどあっさり許された。元入院患児が、病棟友達を見舞いたがることは多いらしい。病院側もその気持ちに理解を示し、元患児による見舞いは大目に見ているそうだ。

普段より賑《にぎ》やかなラウンジには顔馴染《なじ》みの看護師や患児たちが集まっていて、響希の姿を見ると親しげに声をかけてきた。エプロンをつけた大人たちは、患者会であるひだまりクラブの会員たちだ。今日はクラブが企画したイベントの日で、子どもたちのために人形劇が開かれるらしい。

「響希ちゃん」

ゆうなが近寄ってきた。響希は「久しぶり」と腰をかがめて目線を合わせた。

小児科病棟に来たのはおよそ二カ月ぶりだ。移植の影響で体調が悪いことも多く、週に一回の検診のたびに見舞いに訪れるというわけにもいかなかった。

「私ね、今月で退院できるんだ」

ゆうなの弾んだ声に、響希は心からの笑顔で「よかったね」と返した。

「……ねぇ、髪の毛、ちゃんと生えてきてる？」

ゆうなは声をひそめて尋ねた。抗がん剤で抜け落ちた自分の髪が戻るか不安なのだろう。響希はかぶっていたウィッグをめくり上げ、髪が生え始めた部分を見せた。

「わー、ちゃんと生えてる」

ほっとしたように言ったゆうなの頭を帽子越しになでながら、きょろきょろと辺りを見回す。波音の姿が見つからず、近くにいた坂井に声をかける。

「坂井さん、波音は？」

「さっき病室をのぞいたら眠っていたよ。人形劇には興味ないだろうと思って、起こさなかったの」

「そうなんだ……」

今朝、病棟に行くことはメールで伝えたが、それに対する波音からの返信は来ていなかった。

波音は肺への転移が再び見つかり、一月の半ばに再度手術を受けていた。術後に届いたメールには、『俺の肺、このままの調子で切り取られ続けたらそのうちなくなっちゃうんだけど』と書かれていた。

「今日はやめておいたら？」

母の言葉に、響希は「でも」と持っていた紙袋を抱え込んだ。できれば今日のうちにこれを渡したかった。

「病室を見てくる。もし寝ていたら、声をかけずにそっと置いてくるから」

響希は母をラウンジに残して波音の病室に向かった。病室の前に立つと、ちょうど扉が開いて波音の母親である綾香《あやか》が出てきた。こんにちは、と頭を下げる。

「響希ちゃん、来てくれたの」

波音によく似た顔で綾香は微笑《ほほえ》んだ。

「波音、寝ていますか？」

「今、起きたとこ。いつもお見舞いありがとうね。……お母さんも来ているの？」

「はい。ラウンジにいます」

「そう。それじゃあ私はお母さんにご挨拶《あいさつ》してくるから、どうぞごゆっくり」

綾香が去ったのち、響希は「失礼します」と病室の中に入った。

波音は窓際のベッドの上に寝ていた。他の患児はラウンジに行っているらしく誰もいない。

「波音、久しぶり」

ベッドに近づいた響希は、横たわる波音の姿にひそかに息を呑《の》んだ。二度目の手術前に会った時より、いっそう痩《や》せていた。

「……おう」

波音は落ち窪《くぼ》んだ目で響希を見上げた。

「これ、今日の差し入れ。チョコレートだよ」

動揺を見せぬよう、軽く笑って紙袋をかかげる。波音の病状でも食べられる個包装のものをちゃんと選んできた。

「ありがと。そこに置いておいて」

億劫《おっくう》そうに言われ、響希はサイドテーブルに紙袋を置いた。今日がバレンタインだということに、波音は気づいていないのだろうか。指摘されたら、「義理に決まってるでしょ」

と返すつもりだったのに。

「調子がいい時に食べて」

だが、波音は鼻で笑った。

「調子がよかったら入院なんかしてないよ」

その冷ややかな表情と口調に響希は内心驚いた。波音がここまで不機嫌さを露にするのを見たのは初めてだった。

「……悪い」

と、波音は響希から目を逸《そ》らして手の甲《こう》を額《ひたい》に当てた。

「最近、ずっと気分が悪くてさ……」

「こっちこそ、そんな時に押しかけてごめんね。……もう帰るからゆっくり休んで」

響希は病室から出た。――お母さんの言う通り、今日は来るべきじゃなかった。

ラウンジに戻ると、動物のパペットを使った人形劇が始まっていた。しかし、そこに母の姿はない。辺りを見回すと、ナースステーションの陰で話し込む母と綾香の姿があった。

「お母さん」

近づいて声をかけると、母ははっとしたように響希を振り返った。その隣に立つ綾香は、さっと顔を伏せ目元をぬぐった。

「もういいの？」

母の言葉にうなずくと、「響希ちゃん、今日はどうもありがとうね」と、赤い目をした綾香が言った。

響希たちは綾香や看護師たち、患児とその保護者たちに別れを告げ、エレベーターに乗り込んだ。

エレベーターが動き出した。響希は母を見上げ、しかし開きかけた口をつぐんだ。

綾香の涙の理由を尋ねることは、どうしてもできなかった。


波音のことは、しばらくそっとしておくべきなのかもしれない。そう考えたのだが、その日のうちに波音のほうから、『今日はごめん。来週も来てくれる?』というメールが届いた。響希は心底ほっとして、『もちろん行くよ』と返信した。

長引く再入院と、二度の肺手術。心も体も過酷な状況にあるのだから、朗《ほが》らかでいられないのは当然のことだ。冷たい態度を取られたとしても、今日みたいに傷ついたり落ち込んだりする様子は見せない。

そう心に決め、翌週の検診後に響希は小児科病棟を訪れた。母とラウンジで別れて病室を訪れると、波音のベッドはカーテンが閉じられていた。

「波音、起きている?　カーテン、開けても平気?」

同意を示す声が返ってきたのでカーテンを開けると、波音は大儀そうに身を起こしながら「来たのか」とつぶやいた。

メールをくれたのだから、多少なりとも自分に会いたいという気持ちがあるはずだ。そう思っていたのだが、波音の表情からはわずかな喜びも見出《みいだ》すことができず、ささやかな自負はあっという間に消し飛んだ。

「ジュース持ってきたんだけど、飲む？」

差し入れの飲み物が入った袋をかかげてみせると、波音は首を横に振った。

「それじゃあ、冷蔵庫にしまっておくね」

備え付けの冷蔵庫の扉を開くと、先週あげたチョコレートの箱が置いてあるのが見えた。まだ封は切られていない。気づかないふりをして飲み物をしまい、ベッドの横にあった椅《い》子《す》に腰かけた。

途端に降りた重苦しい沈黙に、響希はとまどった。

いつだって自分たちはくだらない話題で笑い合えたし、たとえ互いの体調が悪く会話が弾まない時でも、ぎこちない雰囲気には決してならなかった。

それなのに、その時響希たちの間にあった空気は澱《よど》んでいた。響希は必死に会話の糸口を探した。

「私、中学校はなんとか卒業できるみたい。三月までにいくつかレポートを提出しないといけないいんだけど」

「へぇ、よかったじゃん」

　波音は布団の端をもてあそびながら、ちっともいいと思っていなさそうな口調で答えた。

「そ、それでね、やっぱり私、単位制の高校を受験することにしたの」

　投薬を続けている響希が学校に通えるのは、どんなに早くても六月以降という話だったし、まずは週に一、二回、短い時間を学校で過ごすことから始めなくてはならなかった。その後もしばらく通院が続くことも考えると、登校日の融通が利き、提出物によって単位が取得できる単位制高校を選択するのがベストだと思えた。

　退院する直前に波音と話したことがあった。中学三年生の時期をほぼ病院で過ごした自分たちは、単位制の高校に通うか、一年を置いて翌年に全日制の高校を受験するしかないだろうと。

「同級生が先輩で後輩が同級生になるっていうのは、ちょっと気まずいよね」

　響希の言葉に波音は「だよなぁ」と同意した。

「クラスメイトのほうも、たぶんとまどうよな。敬語使うのかタメ口でいいのか迷うだろ」

「やっぱり単位制がいいのかな」

「単位制を選ぶとしたら、俺たち同じ高校になるかも。市内だと、単位制はそんなに数がないだろ？」

　そんな話をしていた時の波音は、肺を二度も切り取ることになるとは思わず、自分も間もなく退院できると考えていたのだろう。響希だって、波音は近いうちに退院できると信じていた。

「波音とクラスメイトになったら、楽しいだろうな」

その時の自分はきっと、気味が悪いぐらいにやけていただろう。病気以外の新しいつながりが生まれる可能性があることが、うれしくてしかたなかった。

「おう、そうなったら俺のパシリとして楽しい日々を過ごさせてやるよ」

にやりと笑った波音の姿を思い出した響希は、そっと息を吐いた。たった数カ月前のやり取りなのに、遠い昔のことのようだった。

「……正直言って、全日制の学力試験に受かる自信は全然ないしね。私が受ける高校は、作文と面接だけで合否が決まるんだ。落ちる人は滅多にいないらしいから、たぶん合格できると思う」

ふぅん、と波音はつぶやいた。

「波音も来年になったら、私と同じ高校を受験したら？　そしたら私の後輩になれちゃうよ」

おどけた調子でそう言うと、波音ははは、と乾いた笑い声を上げた。

「来年なんて、俺にはないよ。どうせもうすぐ死んじゃうんだからさ」

その日初めて、波音はまともに響希と目を合わせた。どんよりと陰った瞳に見つめられ、体がすっと冷たくなっていく。

「……そんなこと……あるわけないよ……」

やっとのことで絞り出した声は、ひどくかすれていた。

死にそう、死んじゃうかも、もし死んだら……。響希も波音もこれまで散々、重さも真実味もない「死」を笑いまじりに口にしてきた。それなのに、その時波音の口からこぼれ出た「死」は、響希の心を深くえぐった。

右頬を涙が伝った。響希は慌ててうつむき水滴をぬぐい去った。

「……もう寝る」

波音はベッドに横たわり布団を頭までかぶった。響希は椅子から立ち上がる。

「……またね」

返事はなかった。響希はカーテンを閉め、病室から出ていった。


その日以降、顔を合わせるたびに波音の態度は辛辣《しんらつ》さを増した。以前なら笑い飛ばしたような軽口に噛《か》みつき、響希がうろたえたり傷ついたりした様子を見せると、不機嫌そうに舌を鳴らした。励ませば冷ややかな笑いを返され、気遣えばうっとうしがられた。にもかかわらず、波音はメールで響希を呼び寄せた。

自分は波音に憎まれているのだと、響希は気づいた。波音が響希の見舞いを求めるのは、響希をいたぶるためだった。

日々増していく憎悪に比例するように、波音はやせ細り、点滴につながれていることが多くなった。

「しばらく、波音くんとは距離を置いたら？」

波音を見舞ったある日の帰り道、母は車を運転しながらそう言った。

響希が波音と話している時、母はラウンジで待っていた。だから響希たちがどんな会話をしているか知らないはずだが、何か感じるところがあったようだ。

「お母さん、今の響希には、自分の体と心を一番に大切にしてほしいよ……」

母の言葉には切実な響きがあった。けれど響希は、波音に会いに行くのをやめられなかった。

見舞いをやめるのは、波音に対する裏切りだと思ったから。


「……私、六月から登校できることになったよ」

五月半ばの検診の帰り、響希は波音を見舞ってそう伝えた。点滴につながれベッドに寝たままの波音は、返事をせずただ天井を眺めていた。

「と言っても、まだ週に一回、水曜日だけなんだけどね……」

波音は目をつむって、身じろぎをした。響希を攻撃する気力もないほど体調が優れないのだ。

響希は黙ってうつむく。会話が進まなくても、自分から「もう帰る」と口にすることはできなくなっていた。逃げ出したのだと思われるのが怖かった。だからいつも帰れと言われるか、波音が眠るのを待ってから病室を去っていた。

しばらくののちに顔を上げて波音を見ると、胸の辺りの布団が規則正しく上下していた。

「波音?」

小さく呼びかけるが、目をつむったままの波音から答えはなかった。

響希は立ち上がり、波音の寝顔をのぞき込んだ。もう寝ている時しか、波音の顔をまともに見ることはできなくなっていた。

「……また来るからね」

そうささやき、病室を後にした。


その翌日の午後、自室で課題を解いていると、携帯電話に波音から電話がかかってきた。

一度深呼吸をしてから、通話ボタンを押す。

「……もしもし?」

「もう見舞いには来るな」

吐き捨てられた言葉に、響希は「え?」と聞き返すのが精いっぱいだった。波音は電話の向こうで鼻を鳴らした。

「お前を見ていると、イライラするんだよ。気分が悪くなる。だからもう、会いたくない」

一方的に電話を切られ、響希はぼう然と端末の画面を見つめた。

「……波音」

財布を握りしめ部屋を出る。母は外出中だ。家から出て、駅前のバス停へ向かった。

病院に向かうバスに乗り込んだ響希は、乗客から向けられる無遠慮な視線で、自分がウィッグをつけていないことを思い出した。まだ髪はショートヘアとは呼べないほどに短く、毛が生えそろっていないところもある。顔を伏せ、容赦《ようしゃ》のない関心をやり過ごす。

病院前のバス停で降り、小児科病棟に一番近い玄関口へ向かった。しかし自動ドアを目の前にした響希は、そこから動くことができなかった。走ったわけでもないのに動悸《どうき》が激しくなっていた。

「響希ちゃん？」

背後から知った声が聞こえた。振り返ると、綾香が立っていた。

「今日、検診日なの？　お母さんは？」

綾香は心配そうな顔で響希に近づいた。

「一人で来たの？　ウィッグは？　あら、マスクもつけていないじゃない」

綾香はバッグから個包装されたマスクを取り出すと、響希に差し出した。

「……波音が……私にはもう、会いたくないって……」

息も絶え絶えにそう訴えると、綾香は目を見開き、そして肩を落とした。

「……そう。波音がそう言ったの……」

「……おばさん……波音は……」

本当は、綾香が涙をぬぐったのを見た時から気づいていた。気づいていて、それを認めようとしなかった。

「波音は……」

声を絞り出す響希の肩に、綾香がそっと手を乗せた。

「少し、車の中で話そうか」


響希と綾香は、駐車場に止めてあった軽自動車の後部座席に並んで座った。改めて差し出されたマスクを装着すると、綾香はためらいがちに口を開いた。

「……響希ちゃんのお母さんには、もう話してあるの。でも、響希ちゃんにはまだ知らせないようにお願いした。響希ちゃんに負担をかけたくなかったし、それは波音も望まないと思ったから……」

綾香は目を伏せる。

「けれど、ずっと隠し通せることではないから……。だから、たとえ波音が望まないとしても、私から近いうちにちゃんと話さないといけないと思っていた……」

響希は「はい」と小さくつぶやいた。本当は話なんて聞かずにドアを開けてこの車から逃げ出したかった。

「二度目の手術をした後にね、またすぐに肺に転移が見つかったの。一カ所だけじゃなく、何カ所も。先生は画像では確認できないところにも、おそらく複数の病変が隠されているだろうって……」

腫瘍を取っても、すぐに次の腫瘍が現れる。もはや手術は根本的な治療になりえないと、医師は波音の両親に話した。

「先生からは残された時間をどう使うか、波音とじっくり話し合って考えたほうがいいと言われた。つらい治療を続けて残された時間をどうにか引き延ばすのか。それとも治療をやめ、体から痛みを取り除きながらその時が来るのを待つのか……」

綾香は鼻をすすり、うなだれた。

「昨日、波音の父親と一緒に、あの子にそのことを話したの……。あの子、自分でも状況が良くないことには気づいていたみたい」

そんなこととっくにわかっていたよ、と波音は静かに言ったそうだ。落ち着いていたのではなく、取り乱す気力さえないようだったらしい。

「これからどうしたいか聞いたら、『もう治療はいい』って。だから、故郷にある病院の緩和《かんわ》ケア病棟に移ることにしたの。そこなら父親や向こうの祖父母ともっと頻繁《ひんぱん》に会えるから……。転院日はまだ決まっていないけど、こちらにいられるのはあと少しだと思う」

綾香は深く息を吐き、響希を見た。

「……今まで、波音がつらく当たってごめんなさいね。響希ちゃんは波音を見捨てないでいてくれたのに、あの子は……」

綾香は眉根を寄せた。彼女も自分の息子の変化に気づいていたのだ。

「……今のあの子にとって、響希ちゃんの存在はまぶしすぎるんだと思う。あの子の身勝手を、どうか許してあげてほしいの」

はい、と響希はうなずいた。

「私、波音には会いに来ません……」

震える声で伝えると、綾香は「ありがとう」と響希の腿《もも》に手を置いた。この人は、爪《つめ》の形まで波音によく似ている。

「つらい思いをさせて、本当にごめんなさい」

そう頭を下げた綾香は、「家まで車で送るね」と、ドアを開けて運転席に移動した。

震える唇を、マスクの下で噛みしめる。自分には、嘆《なげ》く資格なんてないと思った。

「波音にもう会いたくないって言われた時、私、本当は安心したの。これで波音から逃げる口実ができたって思った……」

もう波音に憎悪を向けられることはなくなる。死に向かっていく波音の姿を目《ま》の当たりにせずに済む。そう思った。

「波音自身が会いたくないいんだから、しかたない。そんなふうにして目を背ける理由ができた。そうして私が目を背けている間に、波音は死んでしまった……」

響希は歩道橋に背を向け、ケイとルリオを見た。

「波音はこの階段で足を滑らせて頭を強く打ち、そのせいで亡くなったの……」

「病気が原因じゃないのか？」

驚いた様子のルリオに、響希はうなずいた。

波音の死を知ったのは三年前の七月の頭、検診のためにおよそ二週間ぶりに病院を訪れた時のことだった。

診察室に入った響希は、自分の担当医である田中《たなか》の隣に坂井の姿を見つけて驚いた。坂井は小児科病棟担当なので、外来時に響希の前に姿を見せることはその時まで一度もなかった。

「診察の前にお話ししなければならないことがあります」

勧められるがまま椅子に座ると、田中は硬い口調でそう言った。坂井の表情は暗い。嫌な予感がした。

「六日前、波音くんは亡くなりました。病死ではなく、事故死です」

隣に座った母が息を呑み、思わずといったように響希の肩を抱いた。

「……それは、どういう……？」

困惑も露な母の問いに、田中は肩を落とした。

「六日前、波音くんは故郷にある病院の緩和ケア病棟に転院するはずでした。お父様が車で迎えに来て、一旦《いったん》実家に帰宅してからケア病棟に入院する予定だったんです」

波音は自分の担当医や看護師たちに見送られ、小児科病棟のある西病棟の玄関口に横付けされた車に乗り込んだ。しかし車が病院の敷地から道路に出ると、「トイレに行きたい」と言いだしたそうだ。父親は小児科病棟の玄関口まで車を戻したが、すでに医師らの姿はそこにはなかった。

「波音くんは車を降りました。お父様はトイレまで付き添おうとしましたが、波音くんに強く拒否されたそうです。『一人でトイレに行けないようなガキじゃないよ』と」

父親が無理に付き添わなかったのは、十五歳の息子に対する思いやりにほかならなかったのだろう。

「けれど実際、波音くんはお手洗いには向かいませんでした。中央病棟に移動し、正面玄関から病院を抜け出したのです。そして、病院の前にある歩道橋を上ろうとした……」

ニット帽をかぶった少年が、ふらつきながら歩道橋を上がっていた。あまりに危なげな足取りだったので声をかけようとしたところ、少年の体が突然ぐらりと傾いた。足を踏み外した少年は、手すりをつかみ損ねてそのまま階段から落下した。——その場に居合わせた目撃者は、そのように語ったという。

「弱った体では手をついたり受け身を取ったりする余裕がなかったのでしょう。すぐに病院に運ばれましたが……頭を強く打ったことによる脳挫傷《ざしょう》です。即死でした……」

降りた沈黙の中で、母が堪《こら》え切れないようにすすり泣いた。どうして、と響希は声を震わせた。

「どうして波音は、病院を抜け出したりなんか……」

「波音くんが何を考えていたのか、本当のところはわからない。でも、もしかしたら、波音くんの中で緩和ケア病棟への転院と死が、イコールでつながってしまったのかも……。どこかへ行きたかったわけではなく、ただ自分の運命からなんとか逃れようとした。そういうことだったのかもしれない」

波音の葬儀はすでに済んでいると、田中は説明した。波音は自分の生まれ育った街で、家族や親族に静かに見送られたそうだ。

押し寄せてくる感情をどうにかやり過ごしたくて、響希はこぶしを握ろうとした。しかし体が麻痺《まひ》したように力が入らない。

「響希ちゃん……」

坂井が響希の顔をのぞき込んだ。

「つらいよね、あんなに仲良しだったもんね……」

坂井の目のふちには涙が浮かんでいた。母は響希を抱き寄せる。

波音を裏切った私が、波音から逃げた私が、気遣われ、寄り添われ、慰められている。

波音はたった一人で死の恐怖に追い詰められ、命を失ってしまったのに――。

「耳が聞こえなくなったのは、その四日後の朝のことだった」

響希は右耳に手を当て当時のことを思い出した。

浅い眠りから目覚め、ベッドから出た時に違和感を覚えた。いつものように部屋から出て、いつものように階段を下りて、いつものように両親がいるリビングへ入る。でも、いつもとは何かが違った。

「おはよう」

ダイニングテーブルの前に座る父に声をかけられた。そこでやっと響希は違和感の正体に思い至った。

両耳を押さえて、「あー」と声を伸ばした。声を出したまま、右耳から手を離した。次は左耳。両親は怪訝《けげん》そうに響希を見た。

響希は声を出すのをやめ、テレビをつけた。右耳と左耳に交互に手を当て、音の聞こえを確かめる。左耳をふさいでしまうと、テレビの音は一気に遠ざかった。

「右耳が聞こえないって両親に伝えたら、慌てて病院に連れていかれた。いろいろ検査をしたけど、白血病が再発したわけじゃなく、薬の副作用でもなかった。先生はおそらく心因性の難聴だろうって……。それで病院の帰りに、両親とこの歩道橋に来たの」

それは父からの提案だった。波音が命を失った場所で手を合わせることで、響希の心の負担がやわらぐかもしれないと考えたのだろう。

響希は歩道橋の階段の下で、両親とともに両手を合わせた。けれど内心、その行為に意味を見出すことはできなかった。

波音は安らかに眠りたかったのではない。死から逃れたかったのだ。

祈りは波音の命を取り戻さず、響希の心も楽にはしない。合わせていた手を開こうとしたその時、

「イキタイ」

と、聞こえた。

波音の声だと思った。とっさに目を開け周囲を見回したが、当然ながら波音の姿はなかった。

「空耳だと思った。その時は霊が存在するなんて思っていなかったから……」

響希は肩を落とした。ここに波音の霊がいるのだろうか。死から逃れたい一心で歩道橋を上ろうとしているのだろうか。

「今思い返してもわからないの。あれが本当に波音の声だったのか、不安定だった私の心が聞かせた幻聴だったのか……」

声が右耳から聞こえたかどうかも定かではない。

「幻聴だったらいいのに……」

波音の魂《たましい》は痛みも恐怖もまっさらに洗われ、行くべきところへ行ったのだと思いたかった。死への恐怖に憑《つ》かれた波音が、「生きたい」という決して叶えられぬ願いを抱えて、歩道橋をふらふらと上り続けているとは思いたくなかった。

「そうだな」

ケイは静かに言った。響希の矛盾《むじゅん》に気づいていながら、それを責めることはしない。その気遣いが胸に痛い。

波音のためを真に思うのならば、響希はもっと早くにケイたちをここへ連れてくるべきだったのだ。波音の存在を、あるいは不在を確かめて、もしも霊になっているのなら一刻も早く救うべきだった。

今までそれをしなかったのは、波音と顔を合わせるのが怖かったからだ。波音が望んだ命を持て余すようにしている自分の姿を見られたくなかった。憎しみを向けられたくなかった。苦しんでいるかもしれない波音を救うことより、自分が苦しまないことを優先させた。

幻聴だったらいいと願うのは、結局何より自分のためだ。この場所に来た今になっても、まだ腹をくくれないでいる。

そんな怯懦《きょうだ》のせいだろうか。

響希たちは長らくその場で待ったが、結局夜になっても波音のメロディが聞こえることはなかった。


週が明け、響希は検診のために一人で大学病院を訪れた。病気の再発や、薬や放射線の影響による合併症が発症する恐れがまだ残っているため、今も半年に一度は外来で検診を受けている。

検診を終えたのち、響希は歩道橋に立ち寄った。道路を挟んだ向かいには、二十四時間営業のファミレスがある。

昨日の朝、歩道橋で待ち合わせた響希たちはそのファミレスに入りルリオが波音のメロディを聞きつけるのを待った。しかし夜になってもメロディは聞こえず、響希はケイたちを残して帰宅した。

　しかし今、窓ガラスの向こうにケイたちの姿はなかった。四六時中ファミレスに居座るのは怪しまれると思い、どこかへ移動したのだろう。それに、波音の霊が確実にいるという保証もないのに、この場にかかりきりでいるわけにもいかない。

「……波音」

　呼びかけても返事はない。小さく息をついた響希は腕時計を見た。次のバスに乗って大学に向かわなければ授業に間に合わない。後ろ髪を引かれつつも反対側の歩道に渡り、病院前にあるバス停に向かう。

　バス停にはベンチが置かれている。その端に座る青年の姿に気づき、響希は驚いた。

「一条《いちじょう》くん？」

　はっとしたように顔を上げた一条は、響希を見て目を丸くした。

「こんなところで会うなんて思わなかった。診察？　志田さん、どこか具合悪いの？」

「……ちょっと風邪気味で……」

「夏風邪？　お大事に」

　疑うことなく言った一条は、軽く肩をすくめて、

「俺は祖母のお見舞い。同居しているうちのばあちゃんが、五日前からここに入院してるんだ」

「そうなんだ。早く良くなるといいね」

病状を詳しく聞くのは憚《はばか》られ、当たり障《さわ》りのない言葉をかけた。……そのつもりだったのだが、一条の目からはぽろりと涙がこぼれ落ち、響希は大いに焦った。

「うわー、恥ずかしい……」

一条は目元をぬぐうが、涙はとめどなくあふれた。響希は慌ててバッグからハンカチを取り出す。

「こ、これ、まだ使っていないものだから」

ハンカチを受け取った一条は、ごしごしと涙をぬぐった。

「ごめん、私、悪いこと言っちゃったみたいだね……」

一条の不安定な様子からすると、祖母の状態はあまり良くない状態なのかもしれない。

「いや、こっちこそ急にごめん。志田さんは全然、本当に、これっぽっちも悪くないよ。実は声をかけられる前から、ずっと泣きそうだったのを我慢してたんだ」

一条が気まずげに微笑んだ直後、大学へ向かうバスが到着した。響希たちはバスに乗り、空いていた席に並んで座った。

「……俺さ、ばあちゃんとは血がつながっていないんだよね」

バスが動き出すと、一条はぽつりとそうつぶやいた。

「俺の実の父親は、俺が生まれてすぐのころに亡くなっているんだ。それで小学一年生になる直前、母親が今の父親と再婚した」

父親は前妻と死別していて、自分の母親と息子の三人で暮らしていたらしい。再婚を機に自分たち親子も同居を始めたのだと、一条は説明した。

あまりに個人的な話をされ、響希は実のところ少し動揺した。さほど親しくない響希だからこそ、一条の口は軽くなってしまっているのかもしれない。

「でもばあちゃんは血縁がないことなんて少しも気にしないで、俺のこと、本当に可愛《かわい》がってくれたんだ」

「……優しいおばあちゃんなんだね」

一条は「うん」と赤い目をして笑った。

「ばあちゃん、このところずっと咳《せき》がひどかったんだ。病院に行けば？　って勧めても、ただの風邪だからって市販の薬を飲んでやり過ごしていた。でもやっぱり様子がおかしい気がしたから、お袋が半ば無理やり病院に連れていった。そしたらひどい肺炎だっていうことで、そのまま即入院。何日かすれば良くなって帰ってくるだろうって、勝手に思っていたんだけどさ……」

翌日、病院から家族に呼び出しがかかった。一条の祖母は重篤《じゅうとく》な状態で、回復の見込みは薄いと医師から言われたそうだ。

「先生は、覚悟しておいたほうがいいだろうって……」

「……覚悟なんて、できないよね」

こぼれ出たのはまぎれもない本音だった。避けようのないことなのは理解できても、だからといって悲しみや苦しさがやわらぎはしない。

「……そう、そうなんだ。うちのばあちゃん、もう九十歳になるんだ。本人は十分長生きしたなんて言うけどさ、でも、そういうことじゃないんだよ……」

一条はハンカチで両目を押さえてうつむいた。その状態のまま、「ごめん」と口にする。

「……これ、ちゃんときれいに洗って返すから……っていうか、買って返す……」

「気にしないで、自由に使って」

ハンカチを持っていてよかった。気の利いた慰めや励ましを言えない自分より、ずっと役に立っている。


自宅を出て駅に向かう。

昨日、大学前のバス停に降り立つと、「なんか、ごめん。勝手に重たい話聞かせちゃって」と、一条は恥じたように頭をかいた。

その後、出会った友人たちに声をかけられた一条は、響希に礼を告げると、さっと悲しみの気配を隠して彼らの輪に加わった。やはり距離のある響希だからこそ、感情を留めることができなかったのだろう。あるいは、響希にまつわる死の陰を感じ取ったのかもしれない。

踏切が見えると、響希ははっとして足を速めた。スーツ姿の男が踏切の前で、誰かの死を悼《いた》むように両手を合わせていた。その横にはカメラを構えた青年がいる。

「先生、膝《ひざ》をついていただけますか。そちらのほうが絵になると思いますので」

青年の声が聞こえた。スーツ姿の男は言われた通りに膝をつき、再度手を合わせる。青年がシャッターを切った。

響希は二人に「すみません」と声をかけた。

「あの、もしかして、ここで亡くなった方のお知り合いですか」

二十年前の、と付け足すと、スーツ姿の男が立ち上がった。黒く豊かな髪をしていたため遠目には壮年の年ごろに見えたが、近くで見れば顔には細かなしわが少なからず刻まれているのがわかった。五十は過ぎていそうだ。

「あの事故のことをご存じですか。ええ、そうです。私の弟です」

思わず響希は踏切を見渡した。ここにいるだろう霊は、そばにいる兄の存在に気がついているのだろうか。

「あの……弟さん、お気の毒でしたね。お悔やみ申し上げます」

そう伝えると、男は重々しく顎を引いた。

「社会や集団というものに、どうしても溶け込めないやつでね。中学を不登校になってからは、そのままずっとひきこもりでした。二十も半ばになって、自分の将来を悲観したんでしょうな。まったく、馬鹿《ばか》なことをしたものです。親からもらった命を簡単に捨て去るなんて……」

男は理解できないとでも言うように眉を上げ、「ねぇ？」と響希を見た。

「……そう……ですね……」

響希がうなずくと、男はよく日に焼けた顔に笑みを浮かべて、「ところでお嬢さん、おいくつですか」と尋ねてきた。

「十八ですけど……」

「私のことは、ご存じないかな。いぶき市で二期、市議を務めさせていただいていたんだけどね」

「す、すみません。不勉強で……」

頭を下げると、男は「構わないよ」と鷹揚《おうよう》に笑った。

「明日が県議選の公示日なのは知っているかな？　実は私、その選挙に出馬させていただくことになっていてね。茂木誠一《もぎせいいち》と申します」

差し出された手を握り返すと、茂木はポンポンと響希の手の甲を叩いた。

「ご両親やお友達にもよろしくお伝えください。明日、いぶき南《みなみ》駅の近くの事務所で出陣式をしますので、時間があったらぜひ」

「……あの……弟さんのお名前は？」

そう尋ねると、茂木は不思議そうな顔をしながらも、「優二《ゆうじ》ですが……」と答えた。

「応援しています。失礼します」

頭を下げた響希はその場からそそくさと立ち去った。駅前のバス停に到着し、携帯電話を取り出す。

『踏切の霊の名前がわかった。茂木優二さん』

そうメールを送ると、すぐにルリオから返信が届いた。

『こっちも連絡しようとしていたところだ。たった今、歩道橋の辺りでメロディが聞こえた』


飛び出すようにバスから降りた響希は、歩道橋の下に立つケイのもとへ駆け寄った。

「波音がいるの？」

ケイの腕をつかんで周囲を見回す。しかし、波音の姿はどこにも見当たらなかった。

「……俺には見えなかったんだ」

言い難そうな口ぶりだった。霊になった波音に対して……あるいは響希に対しても、同情を感じているのかもしれない。

「そう……」

響希はケイから手を離した。ルリオがポケットから顔を出す。

「でも、確かにメロディは聞こえたぜ。俺たち、今日は朝方からここにいたんだ。で、だんだん人通りが多くなってきて、ずっとここに立っているのも変だと思われるから、どこかに移動しようとしたんだよ。その時、メロディが聞こえた。かすかだったし、ほんの短い間だけだった。でも、絶対に間違いない」

響希は歩道橋を見上げた。

もう幻聴だったのかもしれないと言い訳して、逃げることはできない。ここに、確かに、波音がいる。

彼に会わなければ。会って、そして――。

ふと、自嘲《じちょう》めいた吐息がこぼれた。

会ったところで、私が波音に何をしてあげられる？　生きたいという波音の願いを叶えることは不可能だ。波音を未練から解放するには、ケイに重石《おもし》を取ってもらうしかない。生きている波音の救いになれなかった自分は、霊となった波音を救うこともできないのだ。

「あ……」

ふいにケイが声を上げた。響希はその視線を辿《たど》って後ろを振り返る。すると、病院の敷地から歩道に出てくる一条の姿が見えて思わず、

「あ、一条くん……」

と口にした。祖母の見舞いに寄ったのだろう。

「あいつ、一条っていうのか？」

驚いたように言ったルリオを怪訝に思いつつも、「そう。大学の同級生」と答えると、ケイはさっとキャップのつばを下げ、自転車を押し、まるで身を隠すかのように歩道橋の裏側に回り込んだ。

響希は再び背後を見た。横断歩道の前で信号の色が変わるのを待つ一条は、こちらに気づいていない。響希はなんとなくそうしないといけないような気がして、自分も歩道橋の陰に隠れた。

「一条くんと知り合いなの？」

ケイは無言だ。しかしその表情は目に見えて強ばっていた。

「知り合いっていうか、こいつも一条くんなんだよなぁ」

ルリオの言葉に、え、と響希は声をもらした。それは、つまり……。

「ケイと一条くんは……家族？」

ケイは観念したように息をついた。

※※※

十二年前の十二月。

予備校での講義を終えた啓《けい》は、二十時を過ぎて帰宅した。玄関扉を開けた途端、「こら、はる！」と叫ぶ義母の声が響いた。

「正義の味方、マッパマン参上！」

リビングをのぞくと、ソファーの上に立った晴一《はるいち》が、腰に手を当てポーズを決めていた。バスタオルをマントのように羽織っているが、服どころか下着さえつけていない。

「馬鹿言ってないで早くパンツはきなさい！」

義母は晴一の腕を引っ張りソファーから下ろすと、持っていた寝巻と下着を押しつけた。

「おい、はる！　素《す》っ裸《ぱだか》でいると、ちんちんお化けにちんちん取られるぞー」

脱衣所から父の声が聞こえた。晴一は寝巻を床に落とし、「ちんちんお化け、ちんちんお化け」とうれしそうに飛び跳ねた。

「ちょっと、お父さん、変な言葉教えないでよ！　学校で言いふらすじゃない」

そう言いながら振り返った義母は、啓に気づいて驚いた顔をした。

「啓くん、おかえり」

義母は気まずげに笑った。ダイニングテーブルに座っていた祖母も、「おかえり」と声をかけてくる。

ただいまと小さく返すと、義母は申し訳なさそうに眉を下げた。

「騒がしくてごめんね」

「いえ、べつに……」

ここはもう義母と晴一の家でもあるのだから、遠慮する必要などない。しかしそう考える自分の存在こそが、義母に気兼ねをさせてしまっている原因であることは自覚していた。

「はるちゃん、早くお着替えしな。そしたらばあちゃん、りんご剝《む》いてあげるから」

祖母がそう言うと、晴一は「イェーイ！」と声を上げ、やっと下着をはき始めた。

四月に小学一年生になった晴一は、新しい父にも祖母にも家にもすぐに慣れたようだった。しかし啓とだけは距離を置いていて、話しかけてくることはあまりない。子どもの相手の仕方など皆目見当のつかない啓にとっては、ありがたい態度であった。

「啓くん、ご飯は？」

テーブルの上を見ると、自分の分の夕食がラップに包まれ残されていた。

「夜食にします。そのまま置いておいてください」

啓はリビングから離れた。脱衣所では父が鼻歌を歌いながらドライヤーで髪を乾かしていた。晴一が好んで観《み》ているアニメの主題歌だ。

啓に気づいた父は鼻歌をやめ、気恥ずかしそうな顔で「おかえり」と言った。

話がある、と父から切り出されたのは、一年前の冬のことだった。話の内容はすぐ察しがついたので、「再婚のことなら、父さんの好きにしたらいいよ」と伝えた。父に交際相手がいることはすでに知らされていたし、その時点で父が結婚を考えていることは容易に推測できた。

「そんな他人事《ひとごと》みたいに……。再婚したら、美幸《みゆき》さんと晴一とも一緒に暮らすことになるんだぞ」

父と義母は知人の紹介で知り合ったらしい。歳《とし》は十歳以上離れているが、若くして配偶者を亡くしたという共通項が、二人の距離を縮めるのに役に立ったのだろう。

「べつに構わないよ。ばあちゃんも賛成してるんだろ。なら、問題はない」

母が亡くなった後、父と啓は父方の実家に身を寄せた。多忙な父が男手一つでまだ幼い啓を育てるのは到底不可能だったため、当時まだ存命していた祖父と祖母が、啓の養育を買って出てくれたのだった。

母の遺骨は、母方の実家が引き取った。それは、やがて父に訪れるかもしれない再婚の機会に配慮した上での申し出だったのだろう。その時が、母の死から十年を過ぎてやってきたわけだ。

父が結婚を望んでいて祖母も喜んでいるのなら、啓に反対する理由はなかったし、そもそもそんな資格はないと思っていた。父から妻を奪ったのは自分にほかならないのだから。

自室に入って参考書を開くと、ノックの音が聞こえた。返事をすると祖母が扉を開け部屋に入ってきた。りんごをのせた皿を持っている。

「啓ちゃんも食べな」

机の端に皿を置いた祖母は、参考書をのぞき込んだ。

「はぁー、ばあちゃんには何が書いてあるかさっぱりわからないね。はかどってるの？」

「うん、まぁ」

「啓ちゃんがこの家を出たら、さみしくなるねぇ」

啓が志望する大学は関西にあった。受験に合格できた場合、家を出て一人暮らしをすることになる。

遠くの大学に進学しようとするのは自分たちのせいか、そのような意味のことを義母は遠回しに、そして不安そうに尋ねた。啓は否定したが、義母が信じたかはわからない。

「晴一と美幸さんがいるんだから、平気だよ」

開けたままの扉の向こうから晴一の声が聞こえた。何かふざけたことを言ったようで、父と義母が大笑いした。

春に義母と晴一が引っ越してきて以来、それまでひっそりとしていた家の雰囲気はがらりと変わった。

脱ぎ散らかされた小さな靴下に玄関先に並べられた木の枝や石ころ。甘い匂いの芳香剤や几帳面《きちょうめん》にたたまれた洗濯物。晴一と美幸がしるしていく日常の痕跡《こんせき》が、家の中に柔らかな光を呼び込んでいた。

「二人が来てくれたおかげで、この家は賑やかになっただろ。ばあちゃんがさみしくなる暇なんてないよ」

そう言うと、祖母は困ったような顔になった。

いじけているように聞こえたのかもしれない。言葉を付け足そうとしたが、それをするのもわざとらしく思えた。

「俺、勉強するから。りんご、ありがとう」

啓はノートを開いた。祖母は何かを言おうとしたようだったが、結局口をつぐんで部屋から出ていった。

義母と晴一が来て変わったのは家の雰囲気だけではない。父もだ。いや、変わったのではなく、戻ったと言うほうが正しいのだろう。

啓が初めて影を見たのは、四歳の誕生日を迎えた直後のことだった。お祝いに両親が連れていってくれた動物園で、ガラスの向こうにいるレッサーパンダが餌《えさ》を食べている様子を眺めていた啓は、しかしふと背後に気を取られた。そこには大きな檻《おり》があって、名前のわからない、大きな灰色の鳥がいた。

鳥が羽を広げた。その時、檻の周囲に巡らされた柵の前に、ぼんやりとした人影のようなものが現れた。鳥を見ているかのようなその影は、自分と同じぐらいの背丈の子どもに見えた。

最初、啓は自分の目がかすみ、そのせいで子どもの姿がぼやけて見えているのだと思った。しかしいくら両目をこすっても、ぼやけた影は影のままで、鮮明な人の姿にはならなかった。

啓は隣に立つ母を呼んだ。影を指差し、「あそこに変な子がいる」と訴えると、母は「変な子？　どこに？」と困惑した。

僕にしか見えないのかな？　お化けなのかな？

不安に駆られ、母の手にすがった。すると母は「え」と驚いた声を上げ、啓を抱き寄せた。その瞬間、影は消えた。

「どうしたの？」

父が母に尋ねた。母は啓を抱き寄せたまま、檻の前を指差した。

「今、あそこに変なものが見えて……」

「あのでっかい鳥のこと？　確かに珍しい鳥だね」

「……やっぱり気のせいだったかも。ね？」

母に見下ろされ、啓はうなずいた。母がそう言うのならそうなのだろうと納得することができた。

しかしそれ以降、啓はまれに影の姿を見つけるようになった。そのたびに両親や祖父母、幼稚園の教諭など周りにいる大人にしがみつき、「変な影が見える」と訴えた。

しかし啓と同じく影の姿が見えるのは、母だけだった。

やがて幾度かの影との遭遇ののち、啓は気づいた。影は自分にしか見えず、自分が母に触れると、母にもその姿を見せてしまうのだと。そして、母もその事実に思い至った。

母は父に必死に啓の力のことを説明しようとした。しかし影が見えない父は、子どもの空想だと取り合わなかった。ナイーブな気質のある妻は息子に感情移入するあまり、空想まで共有してしまっているのだと、父は思い込んでいた。

母は理解してくれない父を責めるようになり、やがて自分以外の誰一人として息子に触れても影が見えないことがわかると、今度は自分を責めた。自分の心の弱さが奇妙な影の姿を見せ、息子の空想を増長させているのだと。

母は啓を遠ざけるようになった。息子に触れなくなった妻と、空想に怯える息子を前にして父は困惑し、途方に暮れていた。

母が亡くなってから、啓は影が見えてもそれを口にしないようにしていた。しかしそれでも幼いころはまだ恐れや不安を隠し通すことができず、そばにいた父をとまどわせた。

影が見えるようになるまでは、ごく普通の家族だったのだ。父はよく冗談を言って、母と啓を笑わせた。そんな日常を啓が母ごと父から奪い去ってしまった。

けれど今、義母と晴一によって父の幸福は修復され始めている。やがて完璧な形に戻るだろう。——自分という異物さえいなければ。

※※※

「あいつは、父の再婚相手の息子だ」

ケイの告白に響希は目を丸くした。一条は確かに義理の父には息子がいると言っていた。それがケイだったのだ。

歩道橋の陰からわずかに顔を出せば、バス停に立つ一条の姿が見えた。想像もしなかったつながりに驚きながら、しかしケイが受けた衝撃は自分以上だろうと思う。響希と一条が知り合いだとも、こんなところで出会うとも予想していなかったはずだ。

到着したバスに一条が乗り込んだ。ケイはバスが去っていくのを見やり、やっと肩の強ばりを解いた。

「……あのね、ケイ。一条くんがこの間言っていたの」

深刻な響きを感じ取ったのか、ケイの眉がぴくりと動いた。ケイと一条の関係を知ったからには、この事実を伝えずにいるわけにはいかない。

「同居しているおばあちゃんが、大学病院に入院しているって……。ケイのおばあちゃんでもあるんだよね？」

ケイがうなずいたのを見て、響希は唾《つば》を飲み込んだ。

「……おばあちゃん、肺炎が悪化して、かなり危険な状態なんだって……」

伝えながら、一条が父親は前妻と死別していると言ったことを思い出す。ケイは実の母親をすでに亡くしているのだ。

「……祖母はもう九十近い。しかたないだろう」

ケイは目を伏せた。淡々《たんたん》としたふうを装ってはいたが、睫毛《まつげ》のかすかな震えから、響希はその心痛を感じ取った。ケイと祖母がどんな関係を築いていたのかはわからない。けれど、しかたないの一言で片付けられるほど、淡白なものではないようだ。

「……会いに行ったら？」

「行かない。十八のままの姿を見せるわけにはいかない」

「……でも……今会いに行かなかったら……きっと……」

後悔する、と続けることができずに響希は押し黙った。

自分は波音から逃げたくせに、どの口でそれを言うのか。結局私は、誰に対しても語れる言葉を持っていないのだ。

「……もう潮時だ」

何を言われたのかわからず、響希はケイを見返した。その視線を遮《さえぎ》るように、ケイはキャップのつばを下げた。

「俺や俺の仕事に、あんたが関わるのはもうおしまいだ。ここにいる霊の重石は、ちゃんと取る。踏切の霊もだ。それで、あんたにはなんの心残りもなくなるだろう」

「待てよ、ケイ。それじゃあお前が……」

「最初に言っただろう。俺はこのままで構わないんだ」

ルリオの言葉を遮りケイは自転車にまたがった。その姿を見てやっと、響希はケイが自分を、ノルマ達成の可能性を、断ち切ろうとしているのだと気づく。

「ま、待って！」

慌てた響希の声を無視して自転車は発進した。追いすがろうとした手は、ケイの背中に届かず空を切った。

「おい、止まれ！」

ルリオがケイの肩を突《つつ》いた。響希はスピードを上げる自転車を追いかけたが、距離はどんどん開いていく。名前を呼んでも、ケイは振り返らない。

あんたには関係ないと何度も言われた。それは確かにある時点までは事実だったと思う。けれど霊との関わりを経てほんの少しだけ、つながることができた気になっていた。それが幻想だったと思い知る。

こんなにも簡単にケイは去っていく。どこにも居場所がないケイは、響希を残してどこへだって行ってしまえるのだ。ケイが本気でそうしようと思うなら、自分たちは二度と会うこともない。

「待って、ケイ！」

叫びは届かない。自分の問題にさえ立ち向かえない人間の声など、届くはずがない。いくら響希がケイは救われるべきだと思っても、ケイの心を動かすほどの力はない。

「――響希、ごめん！　後で連絡する」

ルリオが叫んだ。その声さえもう遠い。響希は足を止め、遠ざかっていくケイの背中を見つめた。

響希は大学へ向かった。バスを降りて大学の門をくぐると、売店の出入り口の前に立つ一条の姿を見つけた。

一条は以前飾った自分の短冊《たんざく》を笹《ささ》からはずすと、ぐしゃりとそれを丸めた。背後にあるゴミ箱を振り返った一条と、響希の目がガラス扉越しに合った。

響希は建物の中に入った。一条がぽいと投げた短冊がゴミ箱へ落ちる。

「願いごと、『ばあちゃんの病気が治りますように』に変えようと思ってさ」

一条はそう言い、机の上から新たな短冊を取った。

「私の分も合わせるよ」

響希は短冊を手に取りペンを動かした。『一条くんのおばあちゃんの病気が治りますように』と書いた短冊を見せると、一条は「ありがとう」と微笑んだ。

「だったら俺は、違う願いごとを書こうかな。叶ってほしいこと、もう一個あるんだ」

一条が書いたのは、『兄ちゃんがばあちゃんに会いに来てくれますように』という願いだった。響希はひそかに息を飲む。

「……義理の父親にも子どもが一人いたって話はしたよね。子どもって言っても俺より十以上も年上だったんだけど……」

響希がついさっきまでその兄と一緒にいたことも、自分がその近くにいたことも知らずに、一条は語った。

「でも十二年前、兄ちゃんは急に家を出ていって、それきり一度も帰ってこない。当時は両親もばあちゃんも兄ちゃんを探し回ったし、警察にも届け出たけど、結局見つからなかった。十八の男が家出しても、警察は本気で探してくれないんだ」

短冊を笹のてっぺんにぶら下げた一条は、響希を振り返ってへらっとした笑顔を浮かべた。

「まぁ、兄ちゃんが家出したのってたぶん、俺のせいなんだけどね。やかましいくそガキだったから、一緒に暮らすのにうんざりしていたんだと思う」

茶化した口調の中にも真剣さがひそんでいた。本気でそう思っているのかもしれない。

「……そんなことは……ないと思うけど……」

響希は手を伸ばし、一条の短冊の近くに自分の短冊をぶら下げた。

ケイは響希を拒んだ。けれど本当に拒みたかったのは、一条のことなのだと思う。それは一条その人なのかもしれないし、一条とつながる家族や過去なのかもしれない。響希と一条に関わりがあることを知ったから、ケイは去った。

ケイが死神の下請けになった理由も、解放を望まない理由も、一条に関わっているのだろうか。血のつながらない母親や弟から距離を置きたかった。だから今も帰りたがらない。……彼らに会うことをケイは恐れている？

考えてもわからない。わかる日なんて来ないかもしれない。ルリオから連絡はまだ来ていない。

「……ばあちゃん、兄ちゃんに会いたがってるんだ。兄ちゃんがいなくなってから今までずっと、ばあちゃんは俺の前で兄ちゃんの話をすることはなかった。たぶん、俺やお袋に気を遣ったんだろうな。でも……」

一条は笹を見上げてため息をついた。

「もともと認知症の症状が出始めていたんだけど、今回の病気で、一気にそれが進んじゃったみたいなんだ。俺が見舞いに行くと、兄ちゃんのことを探して、兄ちゃんに会いたいって泣くんだ。かと思えば、俺を兄ちゃんと間違えたり、お袋を亡くなった前の奥さんと間違えたりして、喜んだり悲しんだり……もう堪らないよ……」

うつむいた一条は、はっとした様子で顔を上げ、気まずそうに頭をかいた。

「……ごめん。なんか俺、またべらべらと話しちゃったね」

翌朝、響希は茂木のブログを確認した。今朝アップされたばかりの記事には、『亡き弟へ捧《ささ》げる決意』というタイトルがつけられ、踏切の前で手を合わせる茂木の写真が掲載されていた。

そこにはいじめを機に中学を不登校になった弟が、そのまま社会に復帰することができず、自《みずか》ら命を絶った体験が赤裸々《せきらら》に綴《つづ》られていた。

弟にはコミュニケーションに関わる障害があり、自分が政治家になったのは、弟のような弱者を見捨てない寛容な世界を作るためだ。そしてより広いステージでその目標を達成するため、県政に飛び込むのだと書いてある。熱意のこもった内容だが、何かが引っかかるような気もした。今朝、事務所で行われる出陣式の情報も記載されていた。

大学に向かうため、駅前のバス停へ向かう。踏切に到着すると、ちょうど電車が通り過ぎていった。警報が鳴り止《や》み、遠くからマイクを通した人の声が聞こえだす。茂木の事務所から出陣式の音声が響いているようだ。

そばにいるかもしれない優二の存在を気にしつつ、踏切を渡る。その時、風に乗ってマイクの音がひと際大きく響いた。

「優二、聞こえるか！　兄貴はお前のために、お前のような苦しみを背負った人のために、戦うぞ！」

その時、かすれた笑い声が響いた。響希は足を止め踏切を振り返った。

「も、茂木優二さん」

慌ててその名を呼ぶ。これで優二の状態は安定するはずだ。ケイがいない今、響希にはその姿を見ることはできないけれど。

優二は笑い続けていた。楽しいわけでもうれしいわけでもなく、無理に声を立てているような笑い方だ。

「何がおかしいんですか？」

きっとまた無視されるだろう。そう思いながら発した問いに、思いがけなく答えが返ってくる。

「俺はさぁ、でき損ないのカスなんだよ」

「……え?」

「いじめられて、学校に行かなくなって、引きこもりのまま年食って、親にも兄貴にも、家の恥だって、生きてる価値のないクズだって、ずっと言われ続けてきた。でもさ、自殺したことで、晴れて選挙に使える道具になれたわけだ。死んだことでやっと兄貴の役に立てたのがおかしくてさ」

時折声をひきつらせながら、優二はそう言った。

ブログを読んだ時に感じた違和感の正体は、これか。茂木が示した優二への同情は他人に見せるためのもので、弟に向けられた真実の感情ではなかったのだ。

居場所を与えられず、寄る辺を見つけられず、優二は自ら命を断ってしまった。断たずにはいられぬほど追い込まれていた。そして死してなお、その思いに囚《とら》われている。

「……消えてしまいたい」

優二がぽつりとこぼしたその時、警報が鳴りバーが下りた。

消えることが優二の望みなのだろうか。いや、そうであるなら三島《みしま》が自分の存在を手放そうとした時のように、劣化が進んでいるはずだ。優二には真の願いがある。

「電車に何度轢《ひ》かれても、消えることはできません」

バーの前に立ちそう伝える。優二はどこにいるのだろう。もう踏切内に侵入してしまったたろうか。

「あなたが抱える未練を断ち切らない限り、あなたはずっとそのままです。何かやり残したことや、誰かに伝えたいことはありますか」

家族に悼んでほしい？　恨みごとをぶつけたい？　あるいはもっと他の何かがあるのだろうか。願いを自覚していないのだろうか。

轟音《ごうおん》とともに電車が踏切を通過した。警報が止んで、バーが上がる。

「……優二さん？」

返事はない。もう一度呼びかけても、優二は何も答えない。

響希は右耳を押さえた。相手が言葉を伝えてくれない限り、この右耳は役に立たない。自分の力に価値はない。

響希は一歩後ずさる。そしてそのまま踵《きびす》を返し、足早に踏切から離れた。

駅に近づくにつれ、マイクを通した茂木の声が大きくなっていく。しかし話している内容はまったく頭に入ってこなかった。

私には何もできない。霊の声が聞こえたところで、優二のことも波音のことも救えない。

ケイに全部任せてしまえばいいんだ。ケイが重石を取ってしまえば、彼らはすぐにでも楽になれる。ケイだってノルマの達成を望んでいないんだから、それで何も問題ない。

駅前のバス乗り場に辿り着き、人の列の最後についた。大通りのほうから茂木の演説と歓声が聞こえた。

元の生活に戻ればいい。霊の存在など信じていなかったころに。今まで通り、永らえた命をただ消費していく。人との関わりを避け、日の当たらない場所で生きていく。楽しみも、喜びも求めずに。

それが、波音に対する贖罪《しょくざい》だ。

大学行きのバスが到着し、扉が開いた。乗客の列の流れに従って歩き出したその時、日《ひ》村《むら》の姿が、三島の姿が胸をよぎった。

未練に縛られた彼らのぼやけた姿が、——自らの意思と行いによって未練を断ち切り魂へと変わった彼らの姿が……。

響希は足を止めた。——違う、そうじゃない。

そうやって自分を罰した気になっているだけ、償《つぐな》っている気になっているだけだ。罪悪感を抱くそのことを免罪符にして、楽になろうとしているに過ぎない。

波音から目を逸らして、一人苦しみの中に置き去りにしたことを後悔した。それなのに私はまた、同じことを繰り返そうとしている。波音に対してだけじゃない。ケイに対しても……。

波音が、ケイが、響希を絶ち切った。でも響希が諦《あきら》めなければ、つながっていられたのだ。まだつながっている。

列から離れ、バスが出発するのを見送る。その直後、隣のバス乗り場に大学病院を経由するバスが到着した。

波音の願いを叶えることはできない。生きたいと望む波音に対して響希がしてやれることなんて、一つもない。償うことはできず、過去への後悔は消えない。でも、だからといって新たな後悔を重ねることはしない。したくない。

できないから、取り返せないからといって、何もしない自分でいるのはもう嫌だ。そんなふうに生きていたくない。

響希は並んでいた乗客に続いて、大学病院へ向かうバスに乗り込んだ。

与えられるのが憎しみでも、最後まで受け取り続ける。目の当たりにするのが苦しみでも、今度はそばにい続ける。

私は二度と、あなたを一人ぼっちにはしない。


病院前のバス停に降り立った響希は、横断歩道を渡り、歩道橋に向かった。

周囲を見回してもケイの姿はない。バッグから携帯電話を取り出し電話をかけてみるが、案の定、つながらなかった。

響希は歩道橋の手すりに寄りかかった。ケイにメールを打とうとするが、自分の心情を言葉にするのに手間取った。

波音を苦悩から解放するためには、ケイに重石を取ってもらい、魂に変えてもらうしか道はない。響希にできることはないが、それでもその時を迎える波音のそばにいたいと思った。

その気持ちの中に義務感や罪悪感は間違いなく存在している。でも、それだけではないような気がした。

吐息をこぼしたその時、向かいからやってきた二人組の女子高生が目に入った。二人とも響希が通っていた単位制高校の制服を着ている。

「やばい、もうバスが来る時間だよ」

と、一方の女子高生が携帯電話を見て言った。すでに時刻は十時を回っている。全日制の高校ならとっくに登校時間を過ぎているだろうが、響希の母校では自分が選択した授業に間に合えばいいので、生徒によって登校する時間にずれがあった。

二人が歩道橋を使おうとしていたので、響希は邪魔にならないよう端に寄った。

「ねえ、夏休みになったら、日帰りで旅行に行こうよ」

すれ違いざま、携帯電話を持つ女子高生がそう言ったのが聞こえた。

「いいね。私、北海道に行きたい」

「日帰りじゃあ、北海道は絶対無理じゃん」

二人はけらけらと笑い合いながら階段を上っていく。無邪気な姿を見ていると、ふと退院したら海へ行きたいと語った波音の姿が思い起こされた。

その瞬間、かつてこの歩道橋で聞いた波音の言葉が――『イキタイ』と言った声が――耳によみがえった。

イキタイ…………行きたい？

「……波音は……海へ行こうとした？」

はっとして胸を押さえる。私は、大きな勘違いをしていたのかもしれない。

生きたいではなく、海へ行きたいと、波音は口にした。

緩和ケア病棟に入ってしまったら、もう二度と海を見ることはできないかもしれないから。家族に止められるかもしれないし、体が動かなくなるかもしれない。

「……違う。そんなわけない……」

波音が地元へ帰ろうとしたのなら、ターミナル駅であるいぶき駅に向かうはずだ。いぶき駅は病院前の大通りを直進した先にある。駅に向かうバス停は病院側の歩道にあるのだし、歩いて行くにしたって、無理して道路を渡る必要はないのだ。そのまま歩道をまっすぐ進めば辿り着くのだから。

でももし、あの時の波音が、普段通りの判断ができないほど混乱していたとしたら？

波音は駅に行って、そこから鉄道を使って地元へ帰り、海へ行こうとした。けれど病魔に侵された状態では合理的な判断ができず、無意味な行動をしてしまった。……いや、それも違う。波音は父親に嘘《うそ》をついて病院から抜け出した。嘘をつけるほどの理性があったのだから、駅に行くのに歩道橋を渡る必要はないと理解できただろう。

そうだ、波音はちゃんと考えて行動していたんだ。冷静に嘘をついて家族を撒《ま》き、冷静に病院を抜け出した。

『波音くんの中で緩和ケア病棟への転院と死が、イコールでつながってしまったのかも……。どこかへ行きたかったわけではなく、ただ自分の運命からなんとか逃れようとした』

波音の死を告げた時、田中はそんな見解を示した。響希とて、それは波音の心情から大きくはずれたものではないと思った。

しかし田中も自分も、まったく間違っていたのかもしれない。死の恐怖に駆られた無謀な振る舞いではなかった。波音にははっきりとした目的があった。歩道橋を渡ってどこかへ行こうとした？　何かをしようとした？

「あ、バスが来た。走って」

女子高生たちは軽やかに歩道橋を駆けた。道路を振り返ると、こちらへ向かってくる路線バスが見えた。

あのバスは響希が通っている大学に向かう。そしてその先、女子高生たちが通う高校、響希が通っていた高校へも向かう。

そんなわけない。そう思いながらも携帯電話のカレンダーを遡《さかのぼ》る。

――私、六月から登校できることになったよ。

――と言っても、まだ週に一回、水曜日だけなんだけどね……。

病室で交わした会話が次々に浮かび上がった。いや、あれは会話といえるものではなかった。波音は返事をせず、天井を眺めていた。自分の言葉も気持ちも、何一つ波音に届いていないと思っていた。それなのに……。

三年前の七月、波音の命日。

その日は水曜日、響希の登校日だった。

歩道橋を下った女子高生たちは到着したバスに駆け寄って乗り込んだ。

波音は私が通う高校に来ようとした。私に会いに来ようとした。

我ながら都合の良い考えだと思う。けれど、その考えを否定することができない。

バスが響希の前を通り過ぎていく。その時、右耳がかすかな声を拾った。

「……イキタイ」

小さな小さな声。けれど間違いない。耳に馴染んだ、懐かしい声――。

「……波音」

響希は歩道橋の階段の下段に視線を向けた。声はその辺りから聞こえた。

「波音、そこにいるの？　広崎波音！」

※※※

響希は生きる。俺は死ぬ。

響希の中で病魔に打ち克《か》つことができなかったかわいそうな友達の面影は、次第に薄れてゆくのだろう。次々に重ねられるまばゆい思い出に押し潰《つぶ》され、すり減り、褪《あ》せていく。自分は過去の中に置き去りにされるのだ。消毒液の匂いや、つらい副作用の記憶とともに。——ふざけるな。そんなのは絶対に嫌だ。

ともに生きる未来がないのなら、せめて苦しみとしてでも響希の中に強くあり続けていたかった。血を流し続ける傷になりたかった。片時も忘れられない痛みになりたかった。だから憎しみをぶつけていたぶった。自分の言葉や態度に傷つき、落ち込む響希の姿が見たかった。そのはずなのにいざその姿を目にしても、心はちっとも満たされない。

けれど主治医と両親から緩和ケア病棟への転院という選択肢を示された時——そうやって他者から死を示された時、ふっと体から力が抜け、澱《よど》んでいた感情も消えていった。病気に対する怒りも、死に対する恐怖も、響希に対する的外れな憎しみさえも……。

——あいつを解放しよう。

死を前にしてやっと凪《な》いだ感情は、波音にそう決心させた。だからもう会いたくないと、気持ちとは正反対の言葉を響希に投げつけた。

響希、お前は俺を見捨てたんじゃない。俺がお前を拒んだんだ。だから罪の意識なんか感じる必要はない。

響希は病室に来なくなった。これでいいのだと思った。

いいのだと、思っていたのに……。

――眠りから目覚める。今日は転院の日だ。そう思った瞬間、弱り切った体の真ん中に、抗《あらが》いがたい強烈な衝動を感じた。

今日は水曜日、響希が高校へ行く日。病院前に来るバスに乗れば響希のもとに辿り着けることは知っていた。

親にも病院にも迷惑をかけることはわかっていたけど、実行せずにはいられなかった。病院を抜け出し、バス停を目指す。

衝動が、願いが、あふれた。

響希に会いたい。話したい。笑わせてやりたい。笑わせてほしい。そうだ、海……。

一緒に海を見に行こうと誘われた時、本当は飛び上がりたいほどうれしかった。それなのにその気持ちを素直に表すことが恥ずかしくて、いやだと言ってしまった。

響希に会いに行こう。響希を海に連れていく。そして一緒にあの美しい光景を見るんだ。

鈍い体を追い越すように、気持ちばかりがどんどんはやる。

バスが駅の方面から現れた。横断歩道の信号は赤だ。待っていたのでは間に合わないかもしれない。あぁ、あそこに歩道橋がある。

重たい足を必死に動かす。歩道橋のなだらかなはずの階段が、急な斜面のように見えた。駆け上がりたいのに、体が言うことを聞かない。

足が、うまく持ち上がらない——。

※※※

「響希」

波音の声が聞こえた。込み上げた懐かしさと切なさが、響希の目をにじませる。

「……私に会いに来ようとしたの？」

「……うん」

響いた声は、小さくためらいがちだ。

「私を海に連れていきたかった？」

「……まぁ、そうかな……」

「デートみたいになっちゃうけど、いいの？」

波音はうっと息を詰まらせた。しかしその直後、

「うるせー！　構うもんか！」

と、吹っ切れたように言った。

「無茶するなぁ」

吐息のような笑いとともに、涙がこぼれ落ちた。だよな、と波音も笑いまじりにつぶやいた。

「一緒に行こうよ、海へ」

今の波音の状態なら、きっと地元の海まで行くことができるだろう。しかし波音は「いや……」と口ごもった。響希は首をかしげる。

「どうして？　そう願ってくれたんじゃないの？」

「そうだよ。俺、お前と一緒に海へ行きたかった。――でも今、やっとわかったんだ。お前に会って、自分の一番の、本当の願いが、やっとわかった……」

波音の声が近づいた。たぶん波音は今、響希の目の前に立っている。

「好きだ」

右耳を通じて流れ込んだ言葉が、静かに心を震わせた。

「響希が好きだ。俺はそれをどうしても伝えたかった」

「波音……」

言葉が続かなかった。なんとか声を絞り出そうとしたその時、右手がひんやりとした感触に包まれた。

はっとして横を見ると、ルリオを肩に乗せたケイが立っていた。ルリオはピルルと小さく鳴き、ケイは居心地が悪そうに響希から視線を外した。

響希は歩道橋に向き直り、波音の姿を見つめた。

ポンポンに目玉のついた青色のニット帽をかぶっている。やせて一回り小さくなったように思えるその顔に浮かんでいるのは、響希が大好きなあの笑みだった。

あぁ、私はこの笑顔を見たかったんだ。

やっと自分の心の奥底に隠れていた、けれど一番大きな願いに気がついたその時、波音の右目から涙がひと粒《つぶ》こぼれた。

透き通った雫《しずく》は小さな珠となり、虹《にじ》色の輝きを放ちながら響希の足元に落ちた。

「私もあなたが好きだよ、波音」

そう告げて伸ばした手に、波音の白く光る手が重ねられた。

実際には触れていないはずなのに、なぜだか温もりを感じる。きっと手のひらではなく、心が感じているのだ。

波音の笑顔が、強さを増す光の中に溶け込んでゆく。

私はずっと、この笑顔を忘れはしない——。

澄《す》んださえずりが響く中、波音の魂を宿した青色の風船が、歩道橋を越えて空へと昇っていった。

太陽の光のまばゆさに響希は手でひさしを作る。その途端、風船はその姿をふっと消した。

歌が止んだ。青空の高いところを、雲が穏やかに流れていく。ケイが響希の足元にかがんだ。

「……私……馬鹿だった……」

響希は立ち上がったケイの腕に触れ、その手が持つ虹色に輝く小さな珠を見つめた。

「来るなと言われても、会いに行けばよかった。波音に好きだと伝えればよかった。そうすれば、違う未来があったかもしれない」

波音の魂は旅立った。でも、それですべてが帳消しになるとは思えない。響希が波音を見捨てた過去は消えず、そして後悔も消えはしない。

響希が涙を浮かべると、ケイは目に見えてうろたえた。助けを求めるようにルリオを見、ルリオが「何か言ってやれ」とささやくと、

「……な、慰めてほしいなら、他を当たってくれ。俺はそういうことに向いてない……か

ら……」

と、ばつが悪そうに顔を背けた。

「お前なぁ、まじで口下手《くちべた》が過ぎるぞ……」

ルリオが大きくため息をついた。響希はぐっと腹に力を込める。

「慰めてもらおうなんて、思ってない！」

そう叫ぶと、ケイもルリオも、同じようにびくりと身をすくませた。

「ケイみたいな朴念仁《ぼくねんじん》に、そんな期待するわけないでしょ！　私はね、ケイの尻を蹴っ飛ばしてやろうとしてるんだよ！」

一息にまくし立てると、ケイはたじろぎ身を引いた。響希は深く息を吐く。

「ケイは生きてる。ケイのおばあちゃんも生きてる。生きてるんだから、いくらだって取り返しがきくんだよ」

ケイとケイの家族の間には溝があるのかもしれない。けれど生きているなら、その溝を埋めることは――埋めようと努力することはできる。ケイの祖母にはもう時間が残されていない。今、行動しなければケイはずっと後悔を抱き続けてしまう。

「だから、祖母にこの姿を見せるわけにはいかないって言っただろ」

「それが本当の理由じゃないんでしょ？」

その先に、何かがある。ケイが祖母や一条を避ける理由が――死神の下請けから解放を望まない理由が。

「……俺がいないほうが、あの家族はうまくいくんだよ」

うんざりしたように言ったケイは、重石をルリオの嘴《くちばし》の前に持っていった。ルリオはいつものようにこくりとそれを飲み込む。

響希は啓の腕をつかむ手に力を込めた。ここで引き下がったら、ケイの本心に触れることはいつまでもできない。

「家族の誰かにそう言われたの？　のけ者にされたの？　そうじゃないんでしょ？　ケイがそう思い込んでいるだけじゃないの？」

「俺は自分の母親を死に追い込んだんだぞ！」

声を荒らげたケイが、響希の手を振り払った。

初めて見たケイの激昂《げっこう》に、語られた言葉に、響希は息を詰めた。気を落ち着かせるように深く息を吐いたケイは、キャップのつばを引き下げる。

「……俺に触れると、奇妙な影が見える。母はそれが受け入れられずに、心を病んだ」

響希以外の、もう一人――母親について語るケイの口調には、苦いものがまじっていた。

「自分も息子も心の病気なんだと思い込み、心療内科のクリニックに行こうとした。その途中で、歩道に乗り上げた暴走車に轢かれて死んだ……」

響希は開きかけた口を閉じた。ケイのせいではないと言ったところで、彼の心には届かないと思ったから。

「俺は重石と一緒だ。正常な流れを乱す厄介《やっかい》な異物……。いるだけで、安穏とした日常を壊してしまう」

これが、ケイの恐れていたものか。人らしさを失い、果ての見えぬ労役に服することより拒むもの……。

息を詰めた響希に背を向け、ケイはそばに止めてあった自転車を押して歩いた。ルリオは心配そうにケイの横顔と響希の横顔を見比べた。

待って、と呼びかけるが、ケイは振り返らず、答えない。すべてを拒絶するようなその背中を響希は追いかけた。

「でも、おばあちゃんは、ケイを待っているんだよ」

死の床で孫の帰りを待ちわびている。それは秘め続けた真実の願いだ。

「ケイに会いたがっている。その思いまで、あなたは拒んでしまうの？」

歩く速度を速めたケイは横断歩道を渡ろうとした。再び声をかけようとしたその時、響希は視界の右端に黒い影を捉《とら》えた。

右横を向くと、スピードを緩《ゆる》めることなく横断歩道に迫ってくる黒い自動車が見えた。運転手は手に持った携帯電話に目を落とし、信号を見ていない。

響希はケイに手を伸ばした。

※※※

「啓！」

左手をつかまれ、ぐいと背後に引き寄せられた。反転した体は、母の両腕の中に閉じ込められる。

柔らかな体の感触は懐かしく、自分と同じ柔軟剤の匂いは心地がいい。

――しかし、久しぶりに母から与えられたその安らぎは、直後の重い衝撃によって記憶から消し去られた。


自転車から手が離れ、背後から回された腕に引き寄せられるまま、後ろへ倒れ込む。

ブレーキの音に続いて、ドン、と衝撃音が響いた。

「響希、ケイ、平気か」

顔の横からルリオの焦った声が聞こえた。目を開けたケイが真っ先に感じたのは、自分を背後から抱きしめる体の温かさと柔らかさだった。

「いててて」

体の下から聞こえた声に、ケイははっと我に返った。慌てて身を起こし、下敷きにしてしまっていた響希の顔をのぞき込む。

「おい、大丈夫か」

むくりと上半身を起こした響希は、「あ、待って！」と横断歩道に向かって声を上げた。黒い車が倒れた自転車を避けて走り去っていくところだった。自転車にぶつかったせいだろう。バンパーの左側がへこんでいた。

「あの運転手、最低！」

毒づきながら立ち上がった響希は、すたすたと横断歩道に立ち入った。自転車を持ち上げて歩道に移す。

動きを見るからに怪我《けが》はないようだ。ケイはほっと息をついた。

「フレーム歪《ゆが》んでる？　壊れちゃったかな」

響希は自転車を眺め回した。ケイは体に残った温もりを感じながら、自分の左手を見つめた。

母は自分をかばった。ケイの手を引き、抱きしめ、自分の体を盾にして息子を衝撃から守った。

——だから俺は、生きている……。

忘れていたその真実が胸に迫り、歩道に座り込んだまま、目をつむる。

「ケイ？」

不安げな声にまぶたを開けると、響希とその肩に乗ったルリオがそれぞれ心配そうにケイの顔をのぞき込んでいた。

「大丈夫？　どこか打った？」

ケイは握った左手を自分の胸に引き寄せた。慟哭《どうこく》は声にならなかった。

※※※

サッカーボールの空気が抜けている。晴一はガレージの扉を開けて中を見回した。小学校の入学祝いにこのボールを買ってもらった時、父がガレージから空気入れを取り出したことを覚えていた。

空気入れは棚の上に横置きされていた。しかし晴一の視線は、棚の横に置かれた赤い自転車に吸い寄せられた。サイズからすると子ども用だ。

自転車に近づく。使用された形跡はあるものの、十分にきれいと言える品だった。

晴一はボールを置き、サドルにまたがろうとした。片足を上げたその時、背後で物音がした。

びくりとして振り返ると、啓が開いたままだった扉から顔をのぞかせていた。

「中にいたのか。ばあちゃんがまた、扉を閉めるのを忘れたんだと思ったんだ」

学校から帰ってきたところだろう。制服姿の啓に冷めた視線を向けられ、晴一はぱっと自転車から離れた。これはきっと義理の兄のものだ。兄が、子どものころに使っていたもの。勝手に触ったから気を悪くしたのかもしれない。

新しい父親にも新しい祖母にも新しい家にも、すぐに馴染めた。けれどこの血のつながらない兄だけは、どうしても慣れることができなかった。

ともに暮らし始めてからおよそ八カ月、晴一は啓の笑った顔を見たことがない。話しかけてくることはほとんどないし、顔を合わせることさえ避けているようだ。

自分や母は歓迎されていない。母もそう感じているようで、啓の顔色をうかがって気を遣っている。晴一はそれが面白くなかった。

血のつながらない母と弟が突然生活に入り込んできた啓の心情を思いやれるほど、大人びた子どもではなかった。むしろ啓に対して、いい大人なんだから――小学一年生の晴一にとって高校三年生の啓はまぎれもなく大人だった――もっと俺たちに優しく接してくれてもいいじゃん、とさえ思っていた。

啓は感情を見せないだけで、嫌な言葉を吐いたりひどい態度を示したりしたわけではなかった。けれど幼い晴一にとっては、自分に構ってくれない、優しくしてくれない人間は、イコール冷たい人間だった。調子に乗った、どうしようもないクソガキだったのだ。本当に――。

二人きりという状況になったのは、初めてかもしれない。そう意識すると、狭いガレージがさらに狭くなった気がした。

「ごめんなさい」

首をすくめてそう言うと、啓は小骨が喉《のど》に詰まったような、おかしな顔をした。

「……乗りたいなら、好きに使っていい。やるよ」

その表情のままぶっきらぼうに言う。予想していなかった言葉に晴一は目をまたたかせたが、

「……あの、でも……俺、補助輪なしの自転車乗れないんだ」

保育園の年長のころになると、補助輪なしの自転車に乗れるようになったと言う子がちらほら現れ出した。話を聞くとみんな、父親と一緒に練習をして乗れるようになったらしい。小学生になった今、クラスメイトたちのほとんどが補助輪なしの自転車に乗れた。

「そんなの、父さんに教われば……」

啓はそこで言葉を途切り、顎に手を当てた。

「難しいか。うちのは土日も仕事だから」

晴一たちの父親は自営業で、土日も基本的には仕事をしていた。学校のない休日に自転車の乗り方を教えてもらうことは難しいだろう。

「ばあちゃんも無理だろうな。足があまりよくないから」

「……兄ちゃんは」

ほかにどう呼びかければいいのかわからず、ためらいながらもそう口にすると、啓はぴくりと眉を動かした。

「兄ちゃんは、誰に自転車の乗り方を教わったの?」

啓は高校に空色の自転車で通っていた。軽やかにペダルを漕《こ》ぐその姿に、実のところ少し憧れを感じていた。

「あぁ、俺はじいちゃんだよ」

「あー……」

と、晴一は仏壇に置かれた写真に写った老人の顔を思い浮かべた、四年前に亡くなったと聞いている。

「それじゃあ美幸さんに……自分のお母さんに教えてもらえよ」

「お母さんも乗れないんだよ」

母の生まれ育った地域は年中強風が吹いているところで、自転車に乗るという習慣がないまま大人になる人が多いらしい。

「……そうか」

啓は黙り込んだ。なんとなく気まずい感じがして、晴一は「あ!」とわざとらしく大きな声を上げた。

「俺、空気入れを取りに来たんだった」

棚の前でつま先立ちになり、空気入れに手を伸ばす。届かなくて苦労していたところ、ガレージ内に入ってきた啓が背後から空気入れを取り出した。

無言で差し出された空気入れを受け取ると、啓は踵を返してガレージから出ていこうとした。晴一は床に置いたボールの空気穴に針を刺し、ポンプを動かした。しかしシューと針から空気がもれるような音がして、ボールは一向に膨らまない。

「あれ？」

首をかしげていると、扉のほうからため息が聞こえた。再びガレージに入った啓はボールの前にかがむと、針をいっそう空気穴に深く差し込んで手で押さえた。

「押せ」

言われた通りポンプを上下させると、今度はしっかり空気がボールに入った。啓は針を抜き、膨らんだボールを晴一に手渡した。

――もしかしたら、そんなに冷たい人じゃないのかもしれない。

「ねぇ、俺に自転車の乗り方を教えてよ」

兄のささやかな親切は、晴一にそう口にする勇気を与えた。啓は「え？」と明らかにとまどう。

「……も、もう外は暗い。今から自転車の練習は無理だ」

「じゃあ土日のどっちかは？」

「……いや、土日は予備校があるから……」

「そっか……」

晴一はうなだれボールを抱きしめた。なんだよ、忙しいふりしちゃってさ……。

「来週なら」

ぽつりとつぶやかれた声に顔を上げる。

「……来週の火曜なら、高校の授業が短縮で、家に早く帰ってこられる。その日は予備校もないから……」

啓は自分のつま先辺りを見ながら、もごもごとそう言った。

「火曜日なら、自転車の練習に付き合ってくれるの？」

啓はうなずいた。晴一はうれしさのあまり、片手をボールから離してその手を握った。

「ありがとう、兄ちゃん」

何をそんなに驚いたのか、啓はびくりと体を揺らした。それから赤ん坊に触れるかのようにそっと、晴一の手を握り返す。

見上げた顔に笑みはなかった。けれどもう冷たい表情だとは感じなかった。

兄ちゃんができてよかった。

その時初めて、晴一はそう思った。そう思っていたのに――。

待ちわびた火曜日。晴一はガレージから出した赤い自転車の隣で、間もなく帰ってくるはずの兄を待った。近くの空き地に行って練習することになっているのだと祖母に教えたら、「仲良くなったねぇ」とうれしそうに笑っていた。

自転車の音が聞こえ、晴一はいそいそと門へ向かった。道路をのぞくと、自転車を漕ぐ啓の姿が見えた。

「おかえり！」

門の前で自転車を止めた啓に声をかける。ハンドルにぶら下がったコンビニの袋には、スポーツドリンクとりんごジュースが一本ずつ入っていた。きっと一本は自分にくれるつもりなのだろう。

「俺、りんごジュースがいい」

遠慮なくそう言った晴一の横を素通りした啓は、赤い自転車を思い切り引き倒した。

「え……」

ぼう然とする晴一を残し、啓はガレージへ入った。そして出てきた時、その手には木製のバットが握られていた。

赤いフレームに容赦なくバットが振り下ろされた。ゴッと響いた大きな音に、晴一は体をすくませた。騒ぎを聞きつけたのか、祖母が玄関から顔を出した。

「啓ちゃん！」

啓の姿を見るや否《いな》や、祖母は玄関から飛び出した。何してるの、どうしたの。祖母は問いかけるが、啓は何も答えずバットを振り下ろし続けた。チェーンがはずれ、タイヤが歪む。

祖母は立ち尽くす晴一に気づくと、たっと駆け寄り守るように肩を抱いた。母も父も仕事で家にはいない。兄を止められる人は誰もいなかった。

バットから手を放した啓は、肩で息をしながら玄関に向かうと、家の中に入っていった。晴一と祖母はともに言葉を失い、無残に痛めつけられた自転車を見た。晴一の目から涙があふれた。

間もなく啓が玄関から出てきた。制服から私服に着替えて、大きなボストンバッグを肩にかけている。その姿を見た祖母は、晴一の肩を抱く手に力をこめた。

「啓ちゃん、その大荷物はなんなの？　どこかへ行くつもりなの？」

啓は無言で晴一と祖母の前を通り過ぎた。門を出て、自転車の荷台にバッグをくくりつける。

「啓ちゃん！」

祖母が悲鳴のような声を上げると、啓はやっとこちらに顔を向けた。しかしかぶっているキャップのつばに阻《はば》まれ、その表情は見えない。

「家族ごっこに巻き込まれるのは、もううんざりだ」

啓は吐き捨てるようそう言い、自転車にまたがる。

「あんたたちだけで好きにやってくれよ」


エレベーターのドアが開き、晴一は追憶《ついおく》から目覚めた。

啓はあの時すでに十八で、自らの意思で家を出たことが明らかな状況だった。事件性がなければ、警察は動いてくれない。両親と祖母は八方手を尽くして、自分たちで啓を探し出そうとした。しかしひと月経っても、半年経っても啓の消息はつかめなかった。携帯電話は持っていったようだが、電話をかけてもつながらない。やがて一年が過ぎるころになると、家族は啓の話を避けるようになっていた。

啓がいなくなった直後、夜半に目覚めてトイレに行こうとした晴一は、両親がリビングでこっそり話しているのを盗み聞きしたことがある。

母は自分と晴一の存在が啓にとって不快だったのではないかと、ひどく気に病んでいた。しかし父はそれを否定し、自分のせいだと声を落とした。

繊細で感受性の強い啓と、啓の実母の不安を、理解してやれなかった。母を喪《うしな》った啓が感情をあまり表に出さなくなったのは、父親である自分の不理解に愛想を尽かしたからだ、自分が不甲斐《ふがい》ないせいで啓は孤独感を抱えてしまったのだと、父は言っていた。

同じような後悔を祖母も感じていたのだろう。

昨日、祖母は見舞いに来た晴一を啓だと思い込み、「啓ちゃんのこと、何もわかってあげられなくてごめんね」と何度も頭を下げた。

ナースステーションで受け付けを済ませ、廊下を進む。

医師の見立てでは、いつ容態が急変してもおかしくない状態だ。もしもその時が来たら人工呼吸器はつけないでほしいと、祖母は入院直後に両親や晴一にそう頼んだ。

別れの時は近い。頭ではわかっていても、落ち着いてはいられなかった。祖母の望みはなんだって叶えてやりたい。けれど啓に会いたいという一番の願いを叶えることができないのがもどかしい。

祖母は晴一と啓を間違える。晴一も否定はせず、祖母に話を合わせるけれど、結局はその場しのぎの誤魔化しだ。時間が経てば祖母は「啓ちゃんに会いたい」とまた泣く。それはつまり頭のどこかで、あるいは心のどこかで、目の前にいるのが啓ではないと気がついているからのように思えた。

祖母が入院する病室の扉が開き、見舞い客らしき男が出てきた。晴一ははっと息を呑《の》んで足を止めた。

黒いキャップをかぶった男はこちらを向きかけ、しかしすぐに踵を返した。

顔がはっきり見えたわけではなかった。けれど、間違いない。

「待て！」

声を上げた瞬間、男は……義理の兄は駆け出した。慌てて自分も走り出したその直後、背後から鋭い叱責《しっせき》が飛んできた。

「あなたたち、廊下は走らない！」

振り返ると中年の看護師がこちらをにらんでいた。すみません、と謝り前を向く。啓は早歩きで廊下を進んでいた。晴一も早歩きで後を追いかける。

「俺やお袋が、そんなにうざったかったのか」

ぶつけた問いに答えは返ってこない。構わず言葉を続ける。

「そうだよな。血がつながっていないやつらが突然、我がもの顔で自分んちに住み出したんだ。気に食わないのも、当然だよな」

あの時、啓は十八歳だった。その歳を越えてやっとわかった。十八の男なんてガキだ。小学一年生と中身に大した違いはない。

「俺たちがいなければよかったんだろ。俺やお袋があの家で暮らし出さなければ、あんたは家出なんてしなかった。……出ていけばいいのか？　俺たちが出ていけば、あんたは帰ってくるのか？」

「そんなことは求めてない」

啓は背を向けたままそう言った。

「俺だってそんなのは嫌だよ！　血がつながっていなくたって親父《おやじ》は俺の親父だし、ばあちゃんは俺のばあちゃんだ！　本物の家族だ！」

支え合いぶつかり合った十二年の時が、自分たちをまぎれもない家族にした。

「――あんただって、そうなるはずだったんだ。俺は、あんたとだって家族になりたかったんだよ！」

決してこちらを振り返ろうとしない兄に向け、十二年間腹の中に溜め続けていたものを投げつけると、ほんの一瞬だけ、その歩調が緩んだ。晴一は歩幅を大きくし、なんとか距離を縮めようとする。

手を握り返された時、きっと自分たちはうまくやっていけると思った。これから本当の兄弟になれるって思った。

「それなのに、勝手にいなくなりやがって……」

啓が姿を消した理由は、きっと自分にもあるのだろう。それがわかっていても、怒らずにはいられなかった。

「入院するまで、ばあちゃんは毎週末、あんたの部屋に掃除機をかけて、あんたの布団を干していたんだぞ。腰も膝も悪くしているのに……！」

啓が角を曲がり、その姿が見えなくなった。思わず走り出した晴一は、階段を駆け下りる啓の背中を追いかけた。

　やっとつながったこの糸を切らしてはいけない。切らさない、絶対に。

「親父は夜、家に帰ってきても玄関の鍵をかけなくなった。お袋はいつも料理を一人分多く作る。なのにあんたはいつまでも帰ってこない。だから俺の弁当はいつも、前日の夕飯と同じなんだぞ」

　家族は啓の話をしなくなった。けれどみんな、それぞれの形で啓の帰りを待っていた。

「それに俺だって……俺だってなぁ……」

あんたは俺に迷惑していたのかもしれない。でも、こっちだってあんたのせいで多大な迷惑を被《こうむ》っているんだ。

「俺は、いまだに自転車に乗れないんだ！」

　踊り場から叫ぶと、啓の足が止まった。

「兄ちゃんのせいだからな。乗り方を教えてくれるって言ったのに……練習に付き合ってくれるって言ったのに、いつまでも……いつになっても帰ってこないから……」

　小学校中学年にもなると、同級生たちから自転車に乗れないことを馬鹿にされた。見かねた父親が時間を作って練習に付き合ってくれようとしても、頑《かたく》なに拒み続けた。

　晴一は追いかけているはずの自分まで足を止めていることに気づいて、階段を下りようとした。しかしその瞬間、兄がわずかにこちらを振り返り、晴一は金縛りにあったように固まった。

「追いかけるな」

啓はこの期《ご》に及んでそう言った。――それが通るか。肩をいからせ足を踏み出した晴一は、しかし続けられた言葉に再び動きを止めた。

「いつか必ず帰るから」

半階分下の位置にいる兄の表情は読み取ることができない。しかしその声音《こわね》には、その場限りの誤魔化しとは思えない真剣さが感じられた。

「今は無理だ。けれど、いつか必ず帰る。だから追わずに待っていてくれ」

啓はそう言うと、階段を駆け下りていった。

追いかけるべきだ。追いかけてつかまえて、連れ戻すべきだ。

くれると言ったはずの自転車をぶっ壊して、そのまま家出したような、いかれた兄貴の言うことなんか、信じられるもんか。

確かにそう思った。けれど、足はその場から動こうとしなかった。


病室に入った晴一は、同室の患者たちに頭を下げ、祖母のベッドへ向かった。

カーテンを開けて中の様子をうかがうと、祖母は眠りについていた。晴一が椅子に腰かけると、その音で目覚めたのか、祖母はゆっくりと目を開いた。

「ごめん。起こしちゃったね」

「はるちゃん、また来てくれたの……」

鼻にチューブを取りつけた祖母は軽く笑んだ。

「ばあちゃんのことは気にしなくていいから、ちゃんと学校に行くんだよ」

今日はだいぶ頭がはっきりしているようだ。晴一は微笑み、「ちゃんと行ってるから心配しないでよ」と返した。

「……あのね、さっきね、啓ちゃんがお見舞いに来てくれたのよ」

「……そう。何を話したの？」

晴一は膝の上で手を組んだ。祖母は布団の中でかすかに身を動かすと、

「それはねぇ……ひみつ」

と、少女のように微笑んだ。つられて晴一も笑みをこぼす。

「教えてくれないの？　ちょっと妬《や》けるな」

「啓ちゃんはね、ばあちゃんの手をぎゅっと握ってくれたんだよ。ひんやりとしていて、気持ちよくてねぇ……ばあちゃん、ついそのまま眠ってしまったみたい」

祖母はゆっくりとした動作で布団の中から右手を出し、じっと見入った。

「それともあれは、夢だったのかしらねぇ……。最近は起きている時でも夢を見ているよ

うな気分だから、よくわからないいんだよ」

頼りない口調でそう言った祖母の手に、晴一は自分の手を重ねた。

「違うよ、夢じゃない。兄ちゃんは、ばあちゃんに会いに来たんだよ」

「……ばあちゃんは幸せ者だねぇ。優しい孫が、二人もいるんだから」

祖母は心底、幸福そうに笑った。

晴一は深く息を吐き、心の中で兄に告げる。怒りが消えたわけじゃない。

でも、この笑顔に免じて信じて待ってやるよ、馬鹿兄貴。

※※※

二度目の邂逅《かいこう》の時、自らを死神だと称した男は、啓に仕事の内容を説明した。

人の世界から離れ、年を取ることもなく、食べることも眠ることもなく、どこにいるともわからない霊から重石を回収すること。ノルマを達成できなければその仕事は半永久的に続き、リタイアすることは存在の消滅を意味する。

何が簡単な仕事だ。啓は心の中で毒づきハンドルを握り直した。しかしその時、ふと思い浮かんだ考えに動きを止めた。

かさり、とハンドルにかけたビニール袋が風に揺れた。啓ははっとして袋の中のりんごジュースに目を向ける。自分のためには絶対に選ばないそのジュースが、浮かびかけた考えを胸に沈ませた。

「あー、弟くんと約束があるんだよねぇ。自転車の乗り方を教えてあげるんでしょ」

そう言った男の左目は――銀色の目は――妙な具合に光って見えた。

相手は人外なのだ。自分の何を知っていようと驚きはしない。啓は「ほかを当たれ」と告げ、自転車に乗った。

「そんなこと言わないでよ。報酬《ほうしゅう》ははずむからさ」

哀《あわ》れっぽい声を無視して自転車を発進させると、男は啓の背に言葉を投げた。

「仕事を引き受けてくれるのなら、弟くんの命を救う方法を教えてあげるよー！」

一瞬にして血が沸くような怒りを感じた。乗り捨てるように自転車から降り、男に詰め寄る。――こいつは晴一を殺すつもりだ。

「お前っ！」

男の胸倉に伸ばした手は、霧《きり》をつかむかのように空を切った。それでもがむしゃらにつかみかかろうとすると、男は啓の手を押さえた。体温を感じさせない冷たい手で。

ちくしょう、ふざけるな。こっちは触ることさえできないのに。

怒りがいっそう燃え上がり、啓はこぶしを振り上げた。しかし殴ろうとした男の顔に浮かんでいるのが薄ら笑いではなく、憐《あわ》れみであることに気づいて動きが止まる。

「そうじゃない。人の命を奪うなんて、そんなこと僕にはできない」

男は啓の手を離し、静かに続ける。

「僕は君の弟がそういう運命にあるということを知っているだけ。そして、その運命を変える方法を知っているだけだよ」

リビングに響く笑い声が、小さな手の温もりが蘇《よみがえ》り、啓はこぶしを下ろした。

あのかけがえのないものらが永劫《えいごう》に失われることなど、あってはならない。


落ちようとする夕日が、病院の白壁をオレンジ色に染めていた。

祖母のもとへ行くと告げた時、響希は一瞬心配そうな表情を浮かべたものの、それを打ち消すように力強くうなずいた。もう二度と会えないと思っていた祖母にまた会えたのは、示されたその信頼のおかげだったと思う。

正面玄関に駆け込もうとする男女の姿が見えた。ケイはすぐさま植木の陰に身を隠して二人の様子をうかがった。

緊迫した表情で病院に入っていく父と義母の姿は、自分の予感が正しかったことをケイに思い知らせた。

祖母の顔を見た時、その時が間近に迫っているような気がした。だから病院から離れることができず、今になるまで周囲をうろついていたのだった。

『美幸さんがいても、はるちゃんがいても、啓ちゃんがいなかったら、ばあちゃんはさみしいんだよ』

病室を訪れ、手を握ったケイに祖母はそう伝えた。

取り返しのつかない過《あやま》ちを犯すところだったのだ、自分は。

祖母にさみしさと後悔を抱えさせたまま、逝《い》かせるところだった。会いに来なければ、祖母に謝ることも、感謝を告げることも、その手を握ることもできなかった。

「ケイ」

ポケットから顔を出したルリオが心配そうに見上げてきた。ケイは「平気だ」とつぶやき、病院に入った二人をひそかに見送った。それから半刻ほどが経った時だった。

「やぁ、久しぶり」

声をかけられ、ケイは振り返った。そこには場違いな正装姿の男が立っていた。

正式に半死神として働く契約を交わし、ルリオを引き渡された時以降、男がケイの前に姿を見せることはなかった。およそ十二年ぶりの再会だが、ケイは男よりも彼が持つ水色の風船に目を奪われていた。

風船の中では、光の玉が機嫌良さそうに浮いている。

「君とは知らない仲じゃないからね。特別サービスだよ」

差し出された風船の金糸を握りしめる。見上げれば祖母の魂が風船の中でくるくると円を描いていた。

目頭が熱くなるのを堪え、病院の建物から離れる。

できるだけ広い空に祖母を送ってやりたかった。駐車場の車がないスペースに立つと、ルリオが胸ポケットからはい出て、ケイの肩へと移動した。

「まかせろ。最高の歌声で送ってやる」

小さな相棒は、胸を張り羽毛を膨らませた。

「……頼む」

ケイは風船をかかげ、そっと金糸から手を離した。

美しいさえずりが響き渡る中、風船は茜《あかね》色の空へと吸い込まれていった。

エピローグ

脱いだ靴を片手に持ち、夕暮れ時の浜辺を歩く。砂にはまだ太陽のぬくもりが残っていた。足の裏がほのかに温かく心地がいい。

響希《ひびき》は裸足《はだし》のまま桟橋《さんばし》に上がった。先端に辿《たど》り着き、目の前に広がる景色に息を呑《の》む。

真昼の空とは違う濃く深い青色と、柔らかなオレンジ色。空を二色に分けた太陽は桟橋の正面にあり、今まさに水平線に沈みゆこうとしながら、暗い海面に一筋の光線を放っていた。

光の道だ。桟橋と夕日が、きらきらと輝く光の道でまっすぐにつながっている……。

——駆け出したくなるような景色……。

波音《なおと》が言った言葉の意味がやっと理解でき、響希は微笑《ほほえ》んだ。

桟橋から飛び降り、この光の道を駆けていきたかった。そして水平線を越え、あの美しい夕日にこの手で触れるのだ。

自分がしたこと、あるいはしなかったことへの後悔は消えない。

けれど、この後悔を重石《おもし》のように抱えることはもうしない。前へ進むための糧《かて》にするんだ。――あぁ、そうか。

響希は右耳に触れた。私は片耳の聴覚を失ったんじゃない。霊の声を聞く力を手に入れたんだ。

寄せては返す波の音が響いていた。その静かな潮騒《しおさい》は、聴力を失ったはずの右耳からも聞こえるような気がした。

いぶき南《みなみ》駅に着いたのは、日付が変わる直前だった。響希は駅前に設置されているポストに封筒を入れた。中にはひだまりクラブから依頼された、会誌に掲載するためのエッセイが入っている。今の自分の生活や、将来への展望について書いてほしいという依頼だった。

生きていてよかったと、思えるように生きていきます。

帰りの電車の中で書いたのは、その一文だけだった。今の気持ちを表すのは、その言葉だけで十分だと思った。

響希は線路沿いの道を歩いた。やがて踏切が見え、その前に立つケイの姿も見えた。事前に踏切で待っていてほしいというメールを送っていた。

近づくと、ケイは顔を上げた。

「おばあちゃんには会えた？」

「……あぁ。魂《たましい》を見送ることもできた」

その言葉が意味することに気づき、響希はそっと息をこぼした。形式的なお悔やみの言葉が必要とは思えず、ただ「そう」とうなずくと、ケイも「うん」とうなずいた。

「……ありがとう」

夜の闇《やみ》にまぎれそうなほどかすかな声だった。でも、それは響希の左耳に確かに届いた。

「そこに霊がいる」

ケイは遮断機に視線を向けた。その腕に触れると、優二《ゆうじ》がこちらに背を向け立っている姿が見えた。

ぼさぼさに伸びた髪、骨張った体を包むくたびれたTシャツ。兄の誠一《せいいち》とはまるで身なりが違う。

響希はケイの腕を引き、優二に近づいた。

桟橋に押し寄せ、引き返してゆく波。その潮騒を聞いているうちに、優二が求めているものがわかった気がした。

死にたい、消えてしまいたい。その強い思いの裏側には、同じぐらいに強い別の願いが隠れている。

「生きて」

瘦《や》せた背中にそう告げる。すると、優二は驚いたようにこちらを振り返った。その瞬間、警報が鳴り始めてバーが下りた。

「……俺には……俺には、生きている価値なんてない……」

鳴り響く警報の中でも、響希の右耳は優二の言葉を聞き取った。まるで自分に言い聞かせているかのような口調だった。

響希は首を横に振り、まばらに髭《ひげ》の生えた優二の顔を見つめた。

「そんなことない。あなたは生きていていいんです」

「駄目だよ！　だって俺はクズで……でき損ないで……家の恥で……」

優二は響希たちに背を向け、踏切に向き直った。しかしバーをくぐることはせず、その場にかがみ込む。闇を裂くようにしてやってきた電車が、踏切を通り過ぎていく。

警報が鳴り止《や》み、バーが上がった。両手で顔を覆《おお》った優二は、嗚咽《おえつ》のような声をもらす。

「……本当は、死にたくなんてなかった……生きていたかった……。でも、無理だった。どうしても耐えられなかったんだよ……」

優二の姿が白く光り始めた。響希は徐々に強まっていくその光を切なく見つめた。

優二はただ、誰かに認めてほしかっただけなのだ。誰かが生きていていいのだと言ってやれば、彼は踏み留まれた。でも、誰もいなかった。家族さえ彼の存在を認めてくれなかった。

見知らぬ他人の響希の言葉で満足してしまうぐらい、切実に求めていたのに……。

光の中から現れた魂がふわふわと無邪気に浮かんだ。その下には虹《にじ》色に輝く重石が落ちていた。


光の玉を抱いた風船はほのかに輝き、暗闇にも朱色が美しく映《は》えた。

ケイは金糸を手放し風船を夜空へ送った。線路沿いのフェンスに止まるルリオが、別れの歌をさえずり始める。

「……死神は言った。仕事を引き受ければ、晴一《はるいち》が命を失わずに済む方法を教えると」

響希ははっとしてケイを見つめた。抱き続けていた問いかけに今、答えが与えられようとしている。

「俺は仕事を引き受けると死神に伝えた」

満足げにうなずいた死神は、約束通りケイに報酬《ほうしゅう》を与えたという。それは弟の自転車を壊せ、という託宣《たくせん》だった。

「そうすれば晴一の運命は変わり、生き延びることができると教えられたんだ」

風船が夜空に吸い込まれ、ルリオのさえずりが止んだ。響希はケイから手を離して、

「だから」と嚙《か》みしめるようにつぶやいた。

「だからケイはスカウトを受けるしかなかったんだ。一条《いちじょう》くんの運命を変えるために、自分を犠牲に……」

「違う、そうじゃない」

まるでそう言われるのが耐えられないとでもいうように、ケイは響希の言葉を遮《さえぎ》った。

「確かに晴一を死なせたくはなかった。けれど俺は決して、晴一を救うことだけを考えて死神の下請けになったわけじゃない。犠牲だなんて、そんなご立派なものじゃないんだ。むしろ……」

そこで口をつぐんだケイは、落ちていた重石を拾い上げ、その虹色の光彩を見つめた。束の間の逡巡《しゅんじゅん》――、しかしケイはそれを振り切り、ぎゅっと重石を握りしめた。

「……霊が見えるようになると、母は俺に触れなくなった。俺に触ると見える霊を恐れ、俺自身のことも恐れるようになった……」

途切れ途切れのその声に、響希はじっと耳をすませた。やっとケイが語ったその言葉を、明かした感情を、一つもこぼしたくはなかった。

「……あんたと同じだよ。俺は晴一の命を救うのを理由にして、自分を取り巻く世界から逃げ出したんだ。母が自分を拒絶した過去や、自分のせいで母が命を落としたという事実から……そして、温もりを取り戻してゆく家族からも……」

――だって俺は、それに触れられないから。

触れれば壊してしまうかもしれない。壊してしまえば、その先にあるのは破壊者への拒絶だ。壊すのも拒まれるのも恐ろしい。その不安と暮らしていくより、止まった時の中に身を置くほうがずっと楽だった。

確かに、ケイと響希は同じだ。言い訳を得て見たくないものから目を逸《そ》らし、自分にとって楽な場所に逃げ込んだ。

「でも、そうやって逃げ出して殻《から》に閉じこもったままでいたから、大切なことさえ思い出せなかったんだ。事故の時、母は自分の身を盾にして俺を車からかばった。母さんは、俺のことを拒んでなんていなかった……。家族はみんな、俺を待っててくれていた……」

あふれるものを抑えるように、ケイはこぶしを額《ひたい》に寄せた。

「……人に戻りたい。家に……待っていてくれる人のところに、帰りたい」

そして、恐怖を乗り越え、真実の願いを明らかにする。

過去も後悔も消えることはないけれど、ただ自分がそうしようとさえ思えば、それを抱えたままでも前に進むことはできる。それに気づいたのに、何もしないままでいたくないと、そう思うのもまた響希と同じなのだろう。

こぶしを下ろしたケイは響希を見返し、願いを叶《かな》えるための一歩を踏み出した。

「……あんたに俺の仕事を手伝ってほしい」

差し出された手は、小さく震えていた。その震えごと両手で包み込むと、ケイは驚いたような顔をした。

ケイや霊の力になりたいと思った。彼らのためだけではなく、自分自身のためにも。彼らの手助けをすることが、彼らの願いに応《こた》えることが、自分を救うことにもつながる気がした。

「あんたには関係ない、なんて二度と言わせないからね」

そう言うと、ケイはかすかに笑って、響希の手をそっと握り返した。

無愛想で臆病《おくびょう》で、でも本当は優しい男の子の手は、ひんやりと冷たい。けれど、いつかこの手に温もりを取り戻すことはできるだろう。二人と一羽が力を合わせれば――。

「よっしゃー！　これで本当にトリオ結成だ！」

両羽を広げたルリオはケイの頭に飛び移ると、羽毛をふわりと膨らませた。その嘴《くちばし》から高らかな歌声が響き渡る。

陽気でご機嫌なそのメロディに合わせるように、夜空に浮かぶ星々がチカチカと瞬《またた》いていた。

※この作品はフィクションです。実在の人物・団体・事件などにはいっさい関係ありません。

集英社オレンジ文庫をお買い上げいただき、ありがとうございます。
ご意見・ご感想をお待ちしております。

● あて先
〒101-8050　東京都千代田区一ツ橋2-5-10
集英社オレンジ文庫編集部 気付
宮田　光先生

集英社
オレンジ文庫

死神のノルマ

2020年2月25日　第1刷発行

著　者　宮田　光
発行者　北畠輝幸
発行所　株式会社集英社
〒101-8050東京都千代田区一ツ橋2-5-10
電話【編集部】03-3230-6352
【読者係】03-3230-6080
【販売部】03-3230-6393（書店専用）
印刷所　凸版印刷株式会社

※定価はカバーに表示してあります

ISBN 978-4-08-680308-3 C0193

集英社オレンジ文庫

永瀬さらさ

鬼恋語り

鬼と人間の争いに終止符を打つため、
兄を討った鬼の頭領・緋天に嫁いだ冬霞。
不可解な兄の死に疑問を抱いて
真相を探るうち、緋天の本心と
彼と兄との本当の関係を
知ることとなり…?